神山三輪山歌集

尾崎左永子 選

上皇后陛下御歌

三輪の里　狭井のわたりに　今日もかも
花鎮めすと　祭りてあらむ

この御歌は、上皇后陛下が昭和五十年の「歌会始」においてお詠みになられたものです。

上皇上皇后両陛下におかせられては、昭和四十五年三月十五日、大神神社にご参拝になり、鎮花祭について殊の外深いご関心をお寄せになりました。

撮影／藤井博信

はじめに

この度ご縁があって、三輪山に関りの深い古歌を集めた一冊が上梓されることとなり、御山に捧げることのできますのを心から慶んでおります。以前、ある出版社の『古典文学全集』の付録として、それぞれの古典に関わるエッセイを依頼されたことがきっかけとなり、東京に生まれ育った私が、思いもかけず全国各地を歩いて古典の舞台を取材して回る時期を持ったのは、僥倖《ぎょうこう》というべきでしょう。中でも特に三輪との関わりは深く、最初に訪れた時、電車からひとり降り立った私は、巻向山《まきむくやま》の峰々をはじめて仰ぎ、更には三輪の神杉の大きさに圧倒されたのを憶えています。

それ以来、ある時は人麻呂の通ったにちがいない穴師川《あなしがわ》沿いに、檜原《ひばら》神社、玄賓庵《げんぴんあん》から御社に向かうなど、また明日香の川原で数珠玉の実を採ったり、一人旅を重ねた時期も永かったのです。

そのうちに三輪の講の方々とのご縁が生まれ、今回も三輪明神東京分祠の方々に様々なお手助けを頂きました。すでに卒寿を超えた私をお援《たす》け下さる方々がなければ、到底この本を上梓し得なかったと思います。

最初御山《おやま》させて頂いたあと、当時の藤田宮司様にお会いした際、「御山できましたか」と訊かれ、何気なく「はい」とお返事しますと、「それはよかった。御山が受け容れてくださったのですよ。七度試みても登れない人もあるのです」と仰せ下さったことを昨日のことのように思い出します。その後、木山宮司様の時代を経て、鈴木宮司様と親しくお話を伺えるようになり、この度の本も、わざわざ遠路を鎌倉までお出まし下さっての御依頼に依るものです。あれから三年、今回漸く充実した一冊に仕上げることができました。ここに、改めて鈴木宮司様に心から御礼申し上げます。

皆さまぜひ、ご自由な気分で古歌に触れていただければ幸せに思います。

なお、三輪山の歌は、記紀、万葉集、勅撰八代集に凡そ限定致しました。

二〇一九年八月

尾崎　左永子

もくじ

第一章

鑑賞　三輪山の歌

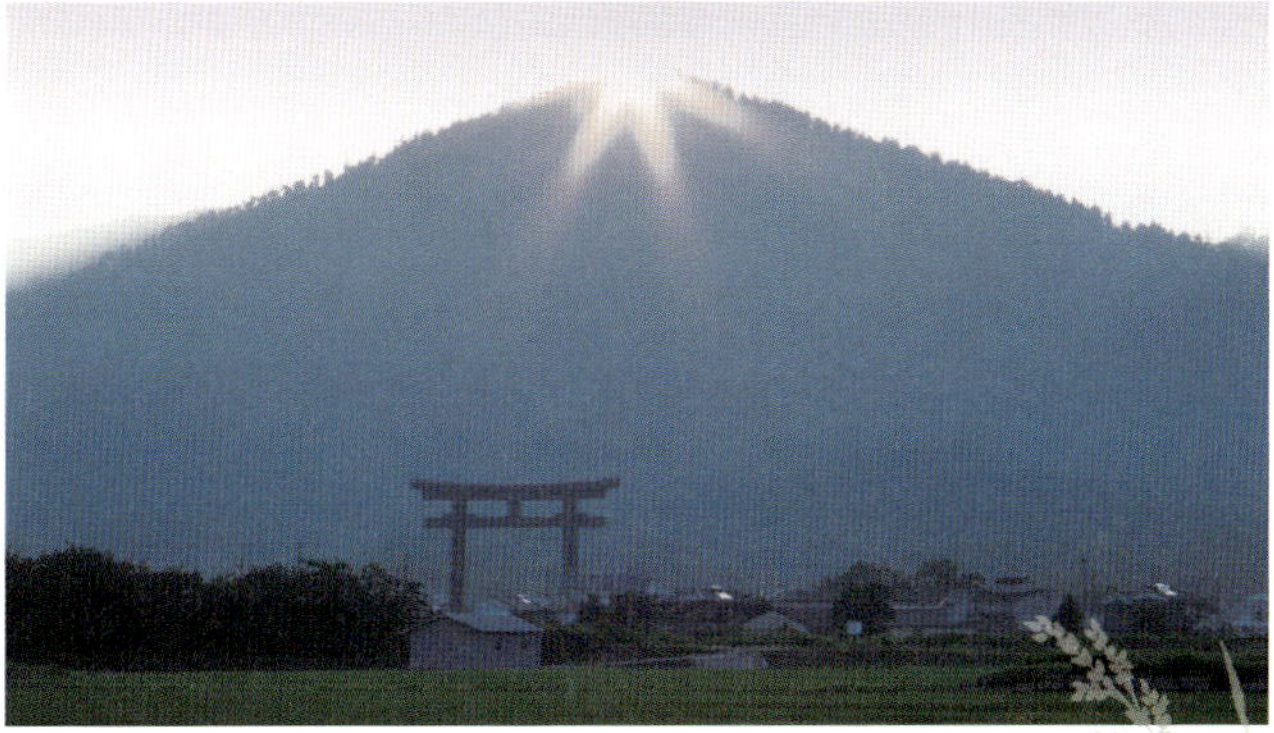

美しくなだらかな三輪山の姿が見えてくると、なぜか古代からここを知っていたような、ふしぎななつかしさを感じる方が多いのではないかと思いますが、この御山《おやま》を歌った歌は、古代から数多く残されています。ここではその中のいくつかを鑑賞したいと思います。古くは歌には長歌、短歌、旋頭歌《せどうか》などがあり、実際に声に出して歌われていましたが、ここではその中から、五七五七七の型式をもつ短歌を中心に、時代を追ってたのしんでいきたいと思います。

『万葉集』には、三輪山を歌った歌が数多く見られますが、初めに出てくるのは、額《ぬか》田王《たのおおきみ》が、都が近江に遷る時に、離れ難い大和を振り返りながら歌った歌で、これは

「短歌」ではなく長歌とその反歌《かえりうた》です。是非声に出して読んで頂きたいと思います。額田王は天智帝に仕えていた、いわば古代の巫女のような女人です。

味酒《うまさけ》　三輪《みわ》の山《やま》　あをによし　奈良《なら》の山《やま》の　山《やま》の際《ま》に　い隠《かく》るまで
道《みち》の隈《くま》　い積《つも》るまでに　つばらにも　見《み》つつ行《ゆ》かむを　しばしばも
見放《みさ》けむ山を　情《こころ》なく　雲《くも》の隠《かく》さふべしや

額田王《ぬかたのおほきみ》（万葉集・巻第一　雑歌《ざふか》・一七）

反歌

三輪山《みわやま》をしかも隠《かく》すか雲《くも》だにも情《こころ》あらなむ隠《かく》さふべしや

額田王（同　一八）

額田王は、『万葉集』の中でも出色の女流歌人で、また、古代の巫女のような役目を持っていたといわれます。天智帝と弟の天武帝の両方から愛された、才色兼備の女人ですが、その名残を惜しむ気持がにじんでいて、三輪山を歌った短歌のなかでもとくにすぐれた歌といえましょう。

「味酒」は「三輪」の枕詞ですが大神神社は古代からお酒の神様として、今も多くの酒造家の信仰を受けています。古代では、実際に米を噛んで醸して酒造りをしたので、「カム」は「噛む」と「神」に懸けたものでしょう。

三諸《みもろ》の神《かみ》の神杉《かむすぎ》夢《ゆめ》にだに見《み》むとすれどもいねぬ夜《よ》ぞ多《おほ》き

高市皇子《たけちのみこ》（万葉集・巻第二　相聞・一五六）

三輪山《みわやま》の山邊《やまべ》真麻《まそ》木綿《ゆふ》短木綿《みじかゆふ》かくのみ故《ゆゑ》に長《なが》しと思《おも》ひき

高市皇子（同　一五七）

　高市皇子は天武天皇の皇子ですが、同じく天武帝の皇女で異母妹の十市皇女《とおちのひめみこ》との間の恋が知られています。しかし十市皇女は早逝して、それを悼むこれらの歌が遺りました。十市皇女の母は額田王で、十市皇女もまた、巫女的な立場だったのかも知れません。夢の中でもよいから逢いたい、という痛切な心情に、千三百年もの時間を超えて、現代の私どもにも間違いなく伝わって来ます。日本語の持つ、まして短歌型式の保ちつづけて来た抒情性を改めて実感させられると思います。

天皇崩《すめらみことかむあが》りましし時《とき》、太后《おほきさき》の作《つく》りませる御歌一首《みうたいっしゅ》

やすみしし　わが大君《おほきみ》の
夕《ゆふ》されば　見《め》し賜《たま》ふらし
明《あ》けくれば　問《と》ひ賜ふらし
神岳《かむをか》の　山《やま》の黄葉《もみち》を
今日《けふ》もかも　問ひ給《たま》はまし
明日《あす》もかも　見し賜はまし
その山を　ふりさけ見つつ
夕されば　あやにかなしみ

（やすみしし）わが大君が
夕ぐれになるとごらんになるでしょう
夜が明けてくるとおたずねになるでしょう
神岳の山の紅葉の様子を
今日もきっとお尋ねになるでしょう
明日もきっとお尋ねになるでしょう
その山を遠く仰ぎ見ながら
夕方になるとなおさらまた悲しみ

明けくれば　うらさび暮《くら》し
あらたへの　衣《ころも》の袖《そで》は
乾《ひ》る時もなし

夜が明ければ心寂しく一日を過ごし
粗《あら》い麻で作った喪服の袖は
涙に濡れて乾く時もありません

持統女帝《ぢとうぢょてい》（万葉集・巻第二　相聞・一五九）

天武天皇の崩御された後、その皇后であった後の持統女帝が歌ったという歌で、短歌ではなく長歌として、その実情が歌われています。

持統女帝はつよい権力を持つ女性として知られていますが、この時はほんとうに心から愛する夫君を失った悲しみが素直ににじんでいて、その歌の中に三輪山の紅葉が歌われているのも心に沁みます。三輪山といえば神杉ばかりと思われがちですが、時代によって松が多かった時代もありました。広葉樹の紅葉の目立つ時代もあったことでしょう。

神岳《かむをか》に登《のぼ》りて、山部宿禰赤人《やまべのすくねあかひと》の作《つく》れる歌一首並《うたいっしゅならび》に短歌《みじかうた》

三諸《みもろ》の　神名備山《かみなびやま》に
五百枝《いほえ》さし　繁《しじ》に生《お》ひたる
つがの木《き》の　いやつぎつぎに
玉《たま》かづら　絶《た》ゆることなく
ありつつも　止《や》まず通《かよ》はむ
明日香《あすか》の　奮《ふる》き京師《みやこ》は
山高《やまたか》み　河遠白《かはとほじろ》し
春《はる》の日《ひ》は　山《やま》し見《み》が欲《ほ》し

神が帰りくる神奈備山三輪山に
各々《おのおの》の枝《えだ》をさしのべて生《お》いしげった
栂の木のように次から次へ
玉蔓《たまかずら》のように絶《た》えることなく
在りつつも絶えずに通いたく思う
明日香の古い都には
山は高く河は雄大に流れている
春の日には山もまた見たい

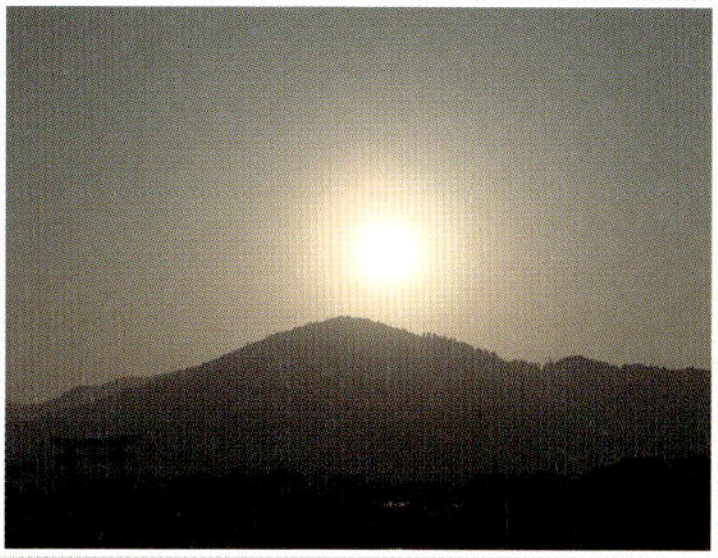

秋《あき》の夜《よ》は　河《かは》し清《さや》けし
朝雲《あさぐも》に　鶴《たづ》は乱《みだ》れ
夕霧《ゆふぎり》に　かはづはさわく
見るごとに　哭《ね》のみし泣《な》かゆ
いにしへ思《おも》へば

秋の夜には河も流れが清い
朝の雲には鶴が乱れ翔び
夕霧の中には蛙が声をふるわせて鳴いている
見るたびについ声に出して泣きたくなる
遠い昔の事を思うと

山部赤人《やまべのあかひと》（万葉集・巻第三　雑歌《ざふか》・三二七）

『万葉集』の有名歌人といえば、すぐに「人麿・赤人」の名があげられる程に名ある歌人、山部赤人ですが、柿本人麻呂も山部赤人も下位の官人であり、同時に、いわば専門の歌人であったかともいわれます。人麻呂は西暦でいえば七〇〇年頃、赤人は二、三十年あとに、共に当時の専門歌人であったようで、それだけ歌の力、ことばの持つ力が大切にされた時代であったともいえましょう。

味酒《うまさけ》を三輪《みわ》の祝《はふり》がいはふ杉手触《すぎてふ》れし罪《つみ》か君《きみ》にあひ難《がた》き

丹波大女娘子《たにはのおほめをとめ》（万葉集・巻第四　相聞・七一五）

「味酒を」は「三輪」にかかる枕詞ですが、「祝」は大神神社《おおみわじんじゃ》の神官をさし、その神聖な杉にうっかり触《さわ》ってしまった罰なのだろうか、逢いたい人に逢えない、その歎きを歌った歌です。その割には、何となく歌風が軽やかで、なかなか貴方に逢えないのに、神杉に触ってしまったせいなのかなあ、といった、あまり深刻さのない一首、と思ってもよいのでしょう。

太古には、酒を造るのに、実際、清純な乙女子たちが素材（米）を嚙んで、その酵素で醸した由ですし、最古の辞書『和名抄《わみょうじょう》（和名類聚鈔《わみょうるいじゅしょう》）』にも「神酒、美和」と見えています。現在でも、多くの造酒会社からの酒樽の奉納が目立つのも古い歴史を踏んでいるからなのでしょう。

山《やま》を詠《よ》める

鳴《な》る神《かみ》の音《おと》のみ聞《き》きし巻向《まきむく》の檜原《ひばら》の山を今日《けふ》見《み》つるかも

柿本人麻呂歌集《かきのもとのひとまろかしふ》（万葉集・巻第七　雑歌《ざふか》・一〇九六）

三諸《みもろ》のその山並《やまなみ》に子《こ》らが手《て》を巻向山《まきむくやま》は継《つぎ》のよろしも

柿本人麻呂歌集（同　一〇九七）

我《わ》が衣色《ころもいろ》どり染《そ》めむ味酒《うまさけ》を三室《みむろ》の山は黄葉《もみち》せりけり

柿本人麻呂歌集（同　一〇九八）

右《みぎ》の三首《さんしゆ》は、柿本人麻呂《かきのもとのひとまろ》の歌集《うたのしふ》に出《い》でたり

他の歌と共に「右の三首は柿本人麻呂の歌集に出づ」の注がついていますので、かなりの古歌かと思われますが、古代の三輪の山は紅葉する樹々もあって、秋の錦に彩られたのであろうことを思わせます。「みむろ」は神の宿る所という意味ですが、古代、必ずしも杉ばかりではなく、紅葉に彩られたであろう情景を想像するのもたのしいことです。なお、いまは「モミジ(ヂ)」と発音しますが、旧くは「モミチ」と清音であったようです。

「柿本人麻呂歌集」の歌は必ずしも人麻呂の歌とは言えず、人麻呂の集めた歌も多いと思われるのですが、それにしても、当時の人が見た風景を、現代の私どもも実際に見る事ができるのは、不思議でもあり、うれしいことでもあります。昔もう五十年も遠い昔に、まだ鄙びていた三輪の駅から、穴師川沿いに溯行して檜原社に辿り着いた想い出があり、この道を遠い昔、人麻呂が馬に乗って遡っていったのだという実感を、今はたのしく思い出します。

往《ゆ》く川《かは》の過《す》ぎにし人《ひと》の手《た》折《を》らねばうらぶれ立《た》てり三《み》輪《わ》の檜《ひ》原《ばら》は

柿本人麻呂歌集《かきのもとのひとまろかしふ》（万葉集・巻第七　雑歌《ざふか》・一一一三）

『柿本人麻呂歌集』と記されている歌は、必ずしも人麻呂その人の作ではなく、人麻呂が編んだ歌集に収録されている、という意だといわれます。この歌の「往く川の」は「過ぎ」にかかる枕詞。この歌の前に「葉を詠める」の題で「いにしへにありけむ人もわがごとか三輪《みわ》の檜原《ひばら》に插頭《かざし》折《を》りけむ」の一首があり、檜の枝を折って髪に挿すはずの人がもういない、ということは、昔の風習がすでに廃れていることを示しているのでしょう。

味酒《うまさけ》三輪《みわ》の祝《はふり》が山照《やまて》らす秋《あき》のもみちの散《ち》らまく惜《を》しも

長屋王《ながやのおほきみ》（万葉集・巻第九　秋雑歌《あきざふか》・一五一一）

ここでも「味酒　三輪の祝」が出て来ますが、「三輪の祝の仕える山を照らす」と読んでよいのでしょう。何か、美酒を頂いて頬をいくらか染めている若い神官を想像させ、微笑ましい風景、そして紅く染まる紅葉を連想させます。御山《おやま》は時代によって松山であったり、杉山であったりしたといいますから、樹林が紅く染まる照葉樹の時代もあった、というところがまた、歴史の悠久を心に伝えて来ます。

明日《あす》の夕逢《よひあ》はざらめやもあしひきのやまびこ響《とよ》め呼《よ》び立《た》て鳴《な》くも

（万葉集・巻第九　雑歌《ざふか》・一七六八）

この歌の前に長歌があり、この反歌と共に柿本人麻呂の作とも言われていますが、題によると、「鳴鹿《しか》を詠める歌」であり、妻恋いの声を立てて鳴く鹿に擬《なぞら》えて、自らの恋を歌っているのです。「逢はざらめやも」は「逢わずにいるということはあるものか」といった強い口調を感じさせるでしょう。

大神大夫《おほみわのたいふ》の長門守《ながとのかみ》に任《ま》けらえし時《とき》、三輪河《みわがは》の辺《ほとり》に集《つど》ひて宴《うたげ》せる歌《うた》（三首の内）

三諸《みもろ》の神《かみ》の帯《お》ばせる泊瀬河《はつせがは》水脈《みを》し絶《た》えずは吾《われ》忘《わす》れめや

作者不詳（万葉集・巻第九　雑歌《ざふか》・相聞・一七七四）

「右の歌は、古集の中に出でたり」の注があり、作者名もわからないのですが、大神神社の長として使えていた官人が、長門守に任ぜられて転出する際、三輪河の辺りに集まって、見送りの宴を開く、という実態を伝えているところも興味をひきます。長門の長官として、おそらくは栄転なのでしょうが、その人を見送る宴が、三輪河の畔で開かれているのです。

弓削皇子《ゆげのみこ》に献《たてまつ》れる歌一首《うたいっしゅ》

神南備《かむなび》の神依板《かみよりいた》に為《す》る杉《すぎ》の念《おも》ひもすぎず恋《こひ》のしげきに

作者不詳（万葉集・巻第九　雑歌《ざふか》・相聞・一七七七）

「神依板」というのですから、古くは杉板を以て「神おろし」のための音を立てたといい、それも「琴」であり杉であったともいわれますが、ともあれ「杉」が「神」と密接であったことは事実でしょう。ここでは「杉」と「念ひも過ぎず」が掛け詞になっています。一途な恋ごころを歌っていますが、思いの他「あそびごころ」の利いた作といえるでしょう。同じような一首に、

神奈備《かむなび》のみもろの山《やま》に斎《いは》ふ杉おもひ過ぎめやこけむすまでに

（万葉集・巻第一三　相聞・三二四二）

があり、古くから三輪山と杉との関わりが見えるように思います。

見渡《みわた》しの三室《みむろ》の山《やま》の石穂菅《いはほすげ》ねもころ吾《われ》は片思《かたも》ひぞする

作者不詳（万葉集・巻第一一　寄物陳思・二四七六）

「見渡しの」の初句は、原文（すべて漢字）では「見渡」の二字なので旧くは「見渡せば」と訓《よ》む説もあります。中の句「三室の山」はやはり三輪山と解釈してよいと思われます。また「石穂菅」は岩に生えて抜き難い菅の根を意味しますから「根」に掛けて「ねもごろ（念ごろ）」つまり、強く、深く、という感じといえば近いでしょう。巻一一の「寄物陳思」は「物に寄せて思いを陳《の》ぶ」と訓みますから、ここでは「石穂菅」に寄せて「片思い」の心を陳べているわけで、万葉時代の「歌」の姿のひとつとして、印象に残ると思います。

味酒《うまさけ》の三諸《みもろ》の山《やま》に立《た》つ月《つき》の見《み》が欲《ほ》し君《きみ》が馬《むま》の音《おと》ぞする

作者不詳（万葉集・巻第一一　問答・二五一七）

「味酒」もしくは「味酒の」は、「三輪」もしくは「三諸」に掛かる枕詞《まくらことば》ですが、本来は神酒を意味する「みわ」にかけているわけで、古くから三輪大神が酒造家の信仰を受けている原点はずいぶん古昔《いにしえ》まで遡《さかの》ぼれるようです。「見が欲し」は「会いたい」の意。会いたい会いたいと念《おも》っている「君」（あの方）が近付いてくる馬の蹄《ひづめ》の音。若い女人のときめきが率直に伝わって来ます。

三諸《みもろ》は　人《ひと》の守《も》る山《やま》　本《もと》べは　馬酔木花《あしびはな》さき　末《すゑ》べは　つばき花さく　うらぐはし山そ　泣《な》く児守《こも》る山

作者不詳（万葉集・巻第一三　雑歌《ざふか》・三二二二六）

作者不明のこの歌は、あるいはそのころ子守唄のように歌われていたのかもしれません。何となく、そう感じさせる温かさを含んでいるように感じられます。現代でも、琴歌として作曲されて歌われていますので、聴かれた方もあるかも知れません。実際、御山《おやま》の裾の方で馬酔木の白い花に出会ったり、登る途中で椿の花の紅《くれない》に出会うことがあります。あるとき、磐座《いわくら》の上に美しい椿が一輪、供えられているのに出会った鮮明な印象が、今も忘れられません。三輪山はほんとうに太古から現代まで、その存在は変わらない、と思ったことでした。

第二章

三輪山の歌を訪ねて

ある時、三輪の花鎮めの祭のあと、三輪の麓をずうっと歩いて檜原神社に詣でたことがあった。うららかな春の日ざしのなかに、桃の花が咲き、菜の花が揺れ、田んぼを埋めてレンゲソウの花ざかりであった。レンゲの花の香が、ふわっと漂ってくると、思わずふうっとため息の出るほど心の緩《ゆる》むのが感じられた。なつかしい土の香。そして、きのう登った三輪のお山のあの清浄な杉の香。いずれも、古代の祖先がかいでいた香りである。古代の記憶は私たちのなかにものこっているにちがいない。だから、三輪山に来ると、こんなにも心がみたされるのだ。

「そらみつ大和」とうたい、「大和は国のまほろば」と讃美しつつそこに住んだ古代の人々にとって、三輪山のなだらかな山の姿は、日ごと見馴れしたしんだものであったはずであり、また、つねに信仰の対象として斎《いつ》き祀《まつ》る山でもあった。

『万葉集』には、いくつも三輪山やその周辺の歌が出てくるが、一時都が近江に遷されたときの歌に、

味酒《うまさけ》　三輪《みわ》の山《やま》　あをによし　奈良《なら》の山《やま》の
山《やま》の際《ま》に　い隠《かく》るまで　道《みち》の隈《くま》　い積《つも》るまでに
つばらにも　見《み》つつ行《ゆ》かむを　しばしばも　見《み》さけむ山《やま》を
情《こころ》なく雲《くも》の　隠《かく》さふべしや　　（巻第一・一七）

反歌《はんか》

三輪山《みわやま》をしかも隠《かく》すか雲《くも》だにも情《こころ》あらなも隠《かく》さふべしや
（巻第一・一八）

とある。作者については諸説あるが、万葉最大の女流歌人といわれる額田王《ぬかたのおおきみ》の作とみるのが一番納得しやすい。〈近江へ向かって出発して、いま奈良山をこえていくにつけても、あの三輪山が山の間に隠れてしまうまで、道の曲がり角をいくつもいくつも曲がっていく間も、つくづくと見て行きたいのに、何度となくふり返って遠く眺めていたいのに、何でその山を、心なくも雲が隠してしまうのか、そんなひどいことってあるだろうか〉と、長歌は訴えている。

〈三輪山を、そんなふうに隠すというんですか、雲よ。雲だけでもせめて、情《なさけ》があってほしいものです。ずっと隠してしまうなんて、そんな無情ってあるでしょうか。隠さないですよね〉と、反歌は雲に向かって、三輪山への絶ちがたい愛着を切々と訴えかける。ふり返り、ふり返り、遠ざかっていく三輪山の姿をたしかめている人の姿を、あざやかに印象づける歌である。

額田王《ぬかたのおおきみ》
味酒《うまさけ》　三輪乃山《みわのやま》　青丹吉《あおによし》　奈良能山《ならのやま》
乃《の》　山際《やまのまに》　伊隠萬代《いかくるまで》　道隈《みちのくま》　伊積流《いつもる》
萬代尓《までに》　委曲毛《つばらにも》　見管行武雄《みつつゆかむを》　數々《しばしば》
毛《も》　見放武八萬雄《みさけむやまを》　情無《こころなく》　雲乃《くもの》　隠《かく》
障倍之也《そうべしや》

反歌
三輪山乎《みわやまを》　然毛隠賀《しかもかくすか》　雲谷裳《くもだにも》　情有《こころあら》
南畝《なも》　可苦佐布倍思哉《かくそうべしや》

揮毫者　千田憲《ちだけん》

複雑な政治情勢のなかで、皇太子中大兄《なかのおおえ》皇子（天智帝）は即位を前提として近江に遷ったのだが、それは決して大和の人々を喜ばせはしなかったろう。供奉の人々の心は、住みなれた大和を惜しむ気持ちでいっぱいだった。その心を代弁した歌ともみえるが、もう一つ、興味深い解釈がある。

つまり、近江遷都に際しては、大和の国つ御魂《みたま》を代表する三輪の神意を慰撫する必要があった。そのために、三輪山への深い尊崇を示し、この行動は決して自分たちの本心ではなく、やむを得ぬ行為、心にそむく行為であることを表しているというのである。三輪の神がそれほど大切にされ、崇められていたともいえよう。額田王は宮廷の巫女でもあったので、中大兄皇子の命によってこの歌を作ったのだとも考えられる。

結局、近江朝は壬申の乱によって崩壊し、次代天武帝の朝廷はふたたび大和に設けられた。三輪山はこうして、都の人々の視界のなかに戻ったのであった。

＊

『万葉集』では、「ミワ」の地名は三輪、弥和、三和、と表記されているが、別名を「ミモロ」ともよばれている。三諸、三毛呂の字があてられているが、ミは美称、モロはモリと同根で神の降りる所、という説と、神の家、つまり御室《みむろ》であるという説がある。従って必ずしも三輪山と特定することはできないのだが、多くの場合は三輪山と考えてそうまちがいはない。

三諸《みもろ》は　人《ひと》の守《も》る山《やま》　本《もと》べは　馬酔木《あしび》花《はな》さき　末《すゑ》べは　つばき花さく　うらぐはし　山そ　泣《な》く児《こ》守《も》る山

（巻第一三・三二三六）

ここには、民衆が親しんでいた山の姿がある。三輪山は、人々がみんなで大切にしている山だ、といっている。そして終わりに「泣く児守る山」といっているのは、泣く児をやさしく守ってくれる山、の意にとりたい。「子守り」である。もしかすると、山の讃美であると同時に、実際に子守り唄であった可能性もあるのではないか、とさえ感じられる。信仰心の厚い老婆などが、孫を背負うか抱えるかして、あしびの花をみせたり、落ち椿の紅い花を拾ったりして、泣く児をあやして唄う情景が私には見えてしまう。

今の三輪山はほとんど杉に覆われていて、山に椿の咲いている様子は想像しにくいが、三輪山麓には椿市の地名があり、椿の花は多かったはずである。よくみかける花として、「あしび」と「椿」が並べられたと考えるべきだろう。「本べ」、「末べ」という並列表現は、この場合は山の麓と頂をさしているが、一種の成句のようなもので、実際に山頂に咲いた椿をいったわけではないかもしれない。昔から三輪山は永く一般人には禁足の地であったということを考え合わせると、なおのこと、その方が納得がいく。以前、椿市近くの磯城瑞籬宮《しきのみずがきのみや》跡に立ち寄ったとき、暗い域内に、やぶ椿の花がいくつもほたほたと地に落ち伏して、あざやかな紅を散らしているのをみた。その印象を思い起こしていると、ふしぎにこの歌が子守りうたにみえてくるのである。そんなあたたかな口調が、この歌にはある。

紫《むらさき》は灰《はひ》さすものぞ海石榴市《つばいち》の八十《やそ》の街《ちまた》に逢《あ》へる子《こ》や誰《たれ》　（巻第一二・三一一五）

たらちねの母《はは》が呼《よ》ぶ名《な》を申《まう》さめど路行《みちゆ》く人《ひと》を誰《たれ》と知《し》りてか　（同・三一一六）

『万葉集』の問答歌には、こんな歌のやりとりが記されている。椿市は大きな街であったらしく、「八十《やそ》のちまた」つまり四通八達した道の辻があった。そこで出逢ったおとめに向かって、名をたずねたのである。「名乗る」という行為は、古くは婚姻をみとめる行為であった。そこで女の方は、お母さんしか直接呼ぶことのない名を、言いたくても、どこの誰だか、ただ路で行きあっただけの人には言えないでしょ、と

作者不詳
紫草《むらさき》はほのさすものぞ海石榴市《つばいち》の八十《やそ》
のちまたに逢へる子や誰《たれ》
揮毫者　今《こん》　東光《とうこう》

ことわっているのだ。

椿市は物品交換の場であると同時に、「歌垣《うたがき》」の場でもあった。大神神社の近くであるからこその歌垣の場であったろう。歌垣は古代の集団婚の場という眼でみられているが、むしろムラという共同体を守る一方で、近親婚をさけ、新しい血を入れるための、原始社会のルールに基づいていた。だからこそ神の庭で催されたのであって、乱婚ではない。しかし同時に、好きな人に自由に声をかけることができたのもたしかで、その「歌垣」の伝統のある場所である故に、こうした行きずりの問答が成り立つのであろう。女は拒否している。しかし、男が声をかけ、女は一旦拒否する、という形は、王朝の恋でも同じことである。女は決して相手を嫌がっていない。その証拠に、ちゃんと返事を返している。その初々しい表情まで見えてこよう。

「紫は灰さすものぞ」は、椿の灰汁が紫の染色に欠かせないので、「椿」の序詞と考えられるが、『万葉集』には「紫の匂へる君」という表現もあり、「紫」はおとめの匂やかさを想像させるだろう。街での行きずりの青年少女のやりとりには、現代の都会風景と重なるところがあって、いきいきとした気息が伝わってくる。

味酒《うまさけ》を三輪《みわ》の祝《はふり》がいはふ杉《すぎ》手触《てふ》れし罪《つみ》か君《きみ》にあひがたき　（巻第四・七一五）

三輪の社に仕えまつる祝（古代の神職）たちが神聖なものとして大切に護っている神の杉に、うっかり触れてしまった罪なのかしら、あなたになかなか逢えないのは——と歌っているのは、丹波大女郎子《たにはのおおめおとめ》という女性である。ここに「罪」ということばが出てくるが、古代では神聖なものを犯すのを「ツミ」といった。同時に「罰」も「ツミ」とよばれていたようで、この場合は「罰」の方だろう。三輪の神さまは大物主神、この神の威力はたいそう懼れられていたが、こ

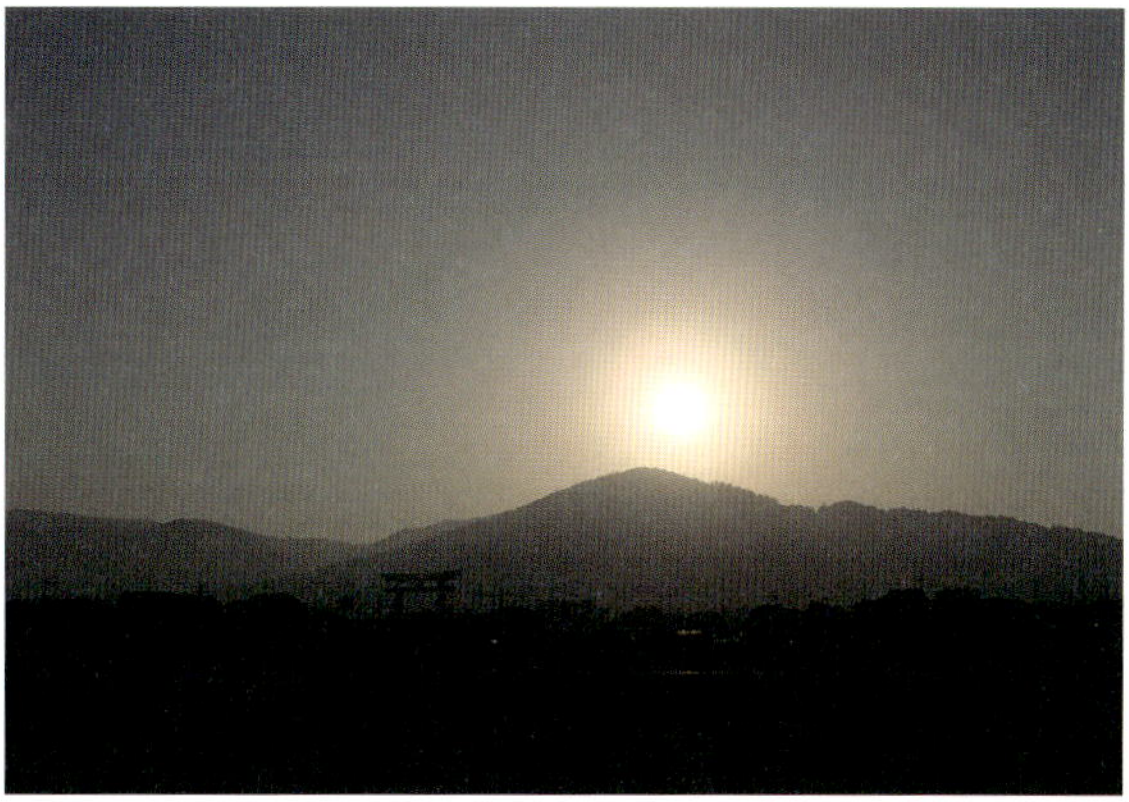

こにあげた何首かを見ると、三輪山をめぐって暮らす当時の人々の気持ちが、脈打つように伝わって来はしないだろうか。丹波のおとめにしても、神さまの罰だといいながら、何か親しみを感じている気配がある。後世、王朝以降に、「三輪明神の歌」として歌謡の中に広く分布していった歌に、「わがいほはみわの山《やま》もとこひしくはとぶらひきませすぎたてるかど」（古今集・雑）があるが、そうした三輪の神への親愛の情が、このあたりにすでに見て取れるように思うのである。

＊

三輪山の麓には檜原神社があるが、三輪の檜原を中心として、巻向・泊瀬《はつせ》の檜原はひとつづきに考えられていた。そして、そのどこかの村落に、『万葉集』の代表的歌人、柿本人麻呂の、「隠《こも》り妻《つま》」がいたようである。

巻向《まきむく》の檜原《ひばら》に立《た》てる春《はる》がすみおほにし思《おも》はばなづみ来《こ》めやも　（巻第一〇・一八一七）

〈巻向の檜原をこめて立つ春霞のように、おぼろげな、いいかげんな恋でしたら、どうして苦

労して、ここまで通って来ましょうか〉

恋する青年人麻呂の想いが、霞をまとう三輪山の姿とともにあざやかに印象される。

三諸《みもろ》のその山並《やまなみ》に子《こ》らが手《て》を巻向山《まきむくやま》は継《つぎ》のよろしも　（巻第七・一〇九七）

我《わ》が衣《ころも》色《いろ》服《ぎぬ》染《そ》めむ味酒《うまさけ》を三室《みむろ》の山《やま》はもみちせりけり　（同・一〇九八）

人麻呂にとって、その女性《ひと》の住む三諸の山のあたりは、すべてなつかしくすばらしく見えてしまう。三輪の山の、その並びに巻向山がつづいている、そのつながり具合いがまことによい、といっているのである。「子らが手を巻く」は、女の腕を手枕にする、の意で、「纏《ま》く」と書くこともあり、「婚」の字をマクとよむこともある。

私は人麻呂の歌が好きなせいで、昔からよく巻向のあたり歩くことがあった。あるとき、老年の駅員さんがたった一人で駅を守っている国鉄時代の巻向駅に降り立ったことがあった。はげかけの立看板に、山の名が名所図会風に描いてある。その駅長さん兼改札係の人に、「弓月が嶽って、どれですか」と訊ねると、駅長さんは老眼鏡をずらして、「あの、あれですわ」と指さしてくれた。しかしそれは、図示された山とは違っていたし、手持ちの地図に載っているのともちがっていた。それでもいいのだ、と私は思った。

痛足河《あなしがは》河波《かはなみ》立《た》ちぬ巻向《まきむく》の斎槻《ゆつき》が嶽《たけ》に雲居《くもゐ》立《た》てるらし　（巻第七・一〇九一）

あしひきの山河《やまがは》の瀬《せ》の響《な》るなへに弓月《ゆつき》が嶽《たけ》に雲《くも》立《た》ち渡《わた》る　（巻第七・一〇九二）

という、『万葉集』独特の雄大な声調を、私は心に思い浮かべていた。「由槻」「斎槻」「弓月」とさまざまに表記されるが、ユツキといっているからには、大きな神聖視される槻の木があったのであろう。「痛足河」は穴師川であるが、この用字をみると、人麻呂は実際に足を痛めながら川を渡って、そのひとの許に行ったのかな、とも思えてしまう。前の「おほにし思はばなづみ来めやも」の「なづみ」も本来、水や雪で行き悩み、難渋する意である。

これらの歌は、抒景歌としても十全なものだと思うが、最近では「雲」という存在は、古代的意識の上では霊魂（タマ）を表わすという考え方が普及してきた。必ずしも死者の魂とばかりはいえないようだが、天然現象を単純な写生として捉えるばかりでは、ほんとうの万葉びとの心には迫れないだろう。

「ユツキ」そのものも、「天飛《あまと》ぶや軽《かる》の社《やしろ》の斎槻《いはひつき》幾《いく》世《よ》まであらむこもり妻《づま》そも」（巻第一一・二六五六）のように、誰にも触れさせない隠《こも》り妻を、聖なる斎槻にたとえている例があって、人麻呂が「斎槻が嶽」と言うとき、そのなかに大切な隠り妻への連想があったと見た方がよさそうである。

長谷《はつせ》の弓槻《ゆつき》が下《した》に吾《わ》が隠《かく》せる妻《つま》
あかねさし照《て》れる月夜《つくよ》に人見《ひとみ》てむかも
（巻第一一・二三五七）

の旋頭歌にも「弓槻が下」とある。

ぬばたまの夜《よる》さり来《く》れば巻向《まきむく》の川音《かはと》高《たか》しも嵐《あらし》かも疾《と》き
（巻第七・一一〇五）

巻向川（穴師川）沿いを遡行して檜原神社に至った時、それは夕方であったが、ほとんど水音は聞こえず、とても「嵐かも疾き」――嵐のように疾《はや》くすさまじい、といった風情とはほど遠かった。しかし、もしもこのあたりを、万葉時代の夜更けに歩いたとしたら、おそらくは真の闇に鳴り響《とよ》む河瀬の音は、きっと嵐のように人を怖れさせたにちがいない。水量ももっと豊かであったかもしれない。

この恋人は、じきに亡くなったらしく、

児《こ》らが手《て》を巻向山《まきむくやま》は常《つね》にあれど過《す》ぎにし人《ひと》に行《ゆ》き巻《ま》かめやも
（巻第七・一二六八）
巻向《まきむく》の山辺《やまべ》とよみて行《ゆ》く水《みづ》の水沫《みなわ》のごとし世《よ》の人吾等《ひとわれ》は
（巻第七・一二六九）

という嘆きの歌が出現してくる。「過ぎにし人」は、亡くなった人、の意である。二度とふたたび、そのいとしい子の手を纏くことはできないのである。穴師川にただよう水泡のように、はかないのが人間のいのちである、と無常観を詠っている。

いにしへにありけむ人《ひと》もわがごとか三輪《みわ》の檜原《ひばら》に挿頭《かざし》折《を》りけむ　（巻第七・一一一二）

往《ゆ》く川《かは》の過《す》ぎにし人《ひと》の手折《たを》らねばうらぶれ立《た》てり三輪《みわ》の檜原《ひばら》は　（巻第七・一一一三）

「挿頭《かざし》」は「髪挿《かみざし》」で、今でいう「簪《かんざし》」と同語であるが、古くは、成年式のための山ごもり、もの斎《い》みの期間を終えて、山を下る時の標《しるし》だったともいう。それが次第に、草木の生命力にあやかるという呪術的な意味に移行していった。三輪の檜の小枝を、人間の生命力、霊力の宿る「髪」に挿す、ということは、原初の気を体内にひきこむことであったろう。人麻呂のころには、もう、檜を挿すことも少なくなっ

ていたのかもしれない。だから「いにしへ」の人々、といっているのだろう。古代人の原初のエネルギーにあやかりたい想いが、こう言わせたようにもみえる。そしてまた、「行く水の水沫の如し」と観じた無常の想いを打ち払おうとして、「往く川の過ぎにし人」（この世から去って行った人々）が今はもうその小枝を手折らないので、心なしか三輪の檜原は寂しそうにみえる、と歌ったのだろう。そこには、自分をこの世に置いて遠く去ってしまった女人への、深い哀惜と寂寥が踏まえられているようである。あるいは、檜の小枝は、女人が手づから折って、男の髪に挿したとみるべきかもしれない。そうすれば、二番目の歌はそのまま、女人への哀悼歌になるだろう。

＊

巻向《まきむく》の檜原《ひばら》もいまだ雲ゐねば子松《こまつ》が末《うれ》ゆ沫雪《あはゆき》流《なが》る　（巻第一〇・二三一八）

早春の情景である。「雲ゐねば」は雲もかかっていないのに、の意。雲が垂れこめてもいないのに、突然、松の梢に沫雪が散りかかるのである。子松の子は美称で、小さい松というわけではない。「沫雪流る」という表現がじつに清新で、いかにも美しい。同じつめたさでも、どこか、光を含んだ春のつめたさなのである。後世、島崎藤村が「千曲川旅情の歌」のなかで、「しろがねの衾《ふすま》の岡辺、日に溶けて淡雪流る」と歌ったのも、この句を踏んでいるのだろう。この一首は、私にとっては『万葉集』の中で最も好きな歌の一つである。早春から春へ――時の移ろいのままにまに、三輪は人々の歌ごころをよびさます。

春山《はるやま》は散《ち》り過《す》ぐれども三輪山《みわやま》はいまだ含《ふふ》めり君待《きみま》ちがてに　（巻第九・一六八八）

まわりの山の花たちはもう散り過ぎたが、三輪山のさくらは、あなたを待ちかねて、まだ咲かずに、つぼみのままでいます、というこの歌は、舎人皇子に捧げられている。過ぎゆく春のころの歌である。

夕《ゆふ》さらずかはづ鳴《な》くなる三輪川《みわがは》の清《きよ》き瀬《せ》の音《と》を聞《き》かくし宜《よ》しも

（巻第一〇・二二二六）

〈夕方にはいつも蛙の鳴く三輪川の瀬の音は、ほんとうに聞くのに気持ちのいいものだ〉——この率直な歌は、千数百年をこえて今もなお、すがすがしい瀬音を伝えてくる。三輪川は、三輪山麓をめぐって流れる初瀬川である。

作者不詳
夕さらばかはず鳴くなる三輪川の清き瀬の音を聞かくし良しも
揮毫者　樋口《ひぐち》清之《きよゆき》

大神太夫《おおみわのたいふ》長門守《ながとのかみ》に任《ま》けらえし時《とき》、三輪河《みわがは》の辺《ほとり》に集《つど》ひて宴《うたげ》せる歌《うた》

三諸《みもろ》の神《かみ》の帯《お》ばせる泊瀬河《はつせかは》水脈《みを》し絶《た》えずは吾《われ》忘《わす》れめや

（巻第九・一七七四）

「三輪太夫」は、壬申の乱の際、天武帝側について功のあった大三輪《おおみわ》朝臣高市麻呂である。長門守に任ぜられて筑紫に下る送別の宴の歌であるが、ここでは初瀬川を、三輪の神の帯に見立てている。三輪山の裾にまつわるように流れる川の姿がよく捉えられている。その水の絶えな

い限りは、あなたがたのことを決して忘れはしません、といっているのだ。三輪の山、三輪の川は、忘れられぬふるさとの山、ふるさとの川であった。

そして時は巡り、秋がやってくる。

我《わ》が衣色《ころもいろ》服《ぎぬ》染《そ》めむ味酒《うまさけ》を三室《みむろ》の山《やま》はもみちせりけり　（前出）

味酒《うまさけ》三輪《みわ》の祝《はふり》が山照《やまて》らす秋《あき》のもみちの散《ち》らまく惜《を》しも　（巻第八・一五二一）

後の一首は、長屋王の作である。長屋王は天平前期の実力者で、藤原氏一族の奸計におちて自害した人だが、ごく最近、その邸跡が発掘されて話題になった。その豪華なくらしぶりは目をみはらせるものがあるが、邸内でしばしば文学サロンを催したことは、『万葉集』や『懐風藻』の作品から知ることができる。都がすでに大和から平城京に移ったのちも、こうして三輪山は折にふれて思い起こされたのだろう。それほど三輪の山は、人々の心に深く住みついていたともいえる。

長屋王
うまさけを三輪のはふりがやまてらすあきのもみぢばちらまくをしも
揮毫者　堂本印象《どうもといんしょう》

＊

先ほどから、三輪山の歌の中にしばしば、「味酒《うまさけ》」というこ

とばが出てくる。これは三輪の枕詞として使われているわけで、三輪山がお酒の神様として尊崇されていることを知っている方々には、すぐに納得のいくところであろう。「味酒」は「三輪」「三室」にかかり、「味酒の」は「三諸」に、「味酒を」は「三輪」と「神奈備山」にかかる。

なぜ「ウマサケ」が「ミワ」なのかというと、古くは神酒のことを「ミワ」と呼んだそうなのである。しかし「カム」との関わりの方が大きいのではないか、と私は考えている。「味酒を神奈備山」のつづき方は「味酒を醸《か》む」の意である。酒を「醸《か》もす」というのはもともと口で嚙んで作るところから来たというが、酒を「醸《か》む」が「神《かむ》」（カムはカミの古形）にかかっているのは明瞭である。大神と書いて「オオミワ」とよむところからも、代表的な神としてのミワに転用されていったようにもみえるのだ。いずれにしても古い時代の枕詞であるから真相はわからないが、あの大きな杉玉を目にすると、文句なく「味酒三輪」を実感してしまう。あの杉の香は味酒の香でもある。神社で頂いた忍冬酒もまさに味酒《うまさけ》であった。

春《はる》されば　花《はな》さきををり　秋《あき》づけば　丹《に》の穂《ほ》にもみつ　味酒《うまさけ》を　神名火山《かむなびやま》の　帯《お》びにせる　明日香《あすか》の川《かは》の　速《はや》き瀬《せ》に　生《お》ふる玉藻《たまも》の　うちなびき　心《こころ》は寄《よ》りて　朝露《あさつゆ》の　消《け》なば消《け》ぬべく　恋《こ》ひしくも　しるくもあへる　こもり妻《づま》かも
（巻第一三・三二八〇）

この場合、明日香川を帯にたとえているから、神名火山は雷丘とみる説もあるが、「味酒を」とあるので「三輪山」と見るべきであろう。人麻呂の歌に比べると、ことばづかいは似ているが、やや類型的で、少し時代の下ったものかとも見える。

三諸《みもろ》つく三輪山《みわやま》見《み》れば隠口《こもりく》の始瀬《はつせ》の檜原《ひばら》おもほゆるかも
（巻第七・一〇九九）
味酒《うまさけ》の三諸《みもろ》の山《やま》に立《た》つ月《つき》の見《み》がほし君《きみ》が馬《むま》の音《おと》ぞする
（巻第一一・二五一七）
神南備《かむなび》の三諸《みもろ》の山《やま》に斎《いは》ふ杉《すぎ》おもひ過《す》ぎめやこけ生《む》すまでに
（巻第一三・三二四二）
斎串《いぐし》立《た》て神酒《みお》坐《す》ゑ奉《まつ》る神主部《かむぬし》のうずの玉《たま》かげ見《み》ればともしも
（同・三二四三）

このような歌を拾えばまだまだありそうだが、すがすがしい香りにみちた杉の木群、白い衣

をまとった多勢の神官たち、じっくりと醸されていく神酒の香――その『万葉集』のイメージが、現代の「三輪山」にそのままのこっているのも、まことに稀な例といえるのではなかろうか。
　いずれにしても、三輪山周辺は、万葉の人びと、とくにあの柿本人麻呂が、実際にその足で踏み、その眼で見た地であることを、いま改めて思わずにはいられない。

第三章

三輪山の歌全集

《凡例》

一、本書は、三輪にまつわる歌を広く収集したものである。ただし、いくつかの歌集に重複する場合は、勅撰和歌集を優先し、それ以外は年代順とした。

一、本書における三輪の歌とは、「三輪」そのもののほか、「うまさけ」「みむろ」「みもろ」「綜麻形《へそかた》」などの言葉によって三輪を詠ったものである。

一、掲載した歌は、歌番号とともに『新編国歌大観』(角川書店)に倣った。ただし、『万葉集』については、『新訓万葉集』(佐佐木信綱編、岩波文庫)に従った。

一、第三章の歌集の掲載順は、『新編国歌大観』に倣い、必ずしも年代順ではない。

一、子どもから大人まで幅広い読者を想定し、短歌には全てルビ(旧かな)を振った。

古事記《こじき》

成立年　七一二年（和銅五年）
撰　者（編者）　稗田阿礼・太安万侶
歌　数　一一二首
■現存する日本最古の歴史書。三巻。神話・伝説と多数の歌謡を含み、神代から推古天皇（五五四～六二八年）までの歴史を物語る。「ふることぶみ」とも

一九……神武天皇《じんむてんのう》

ここにその伊須気余理比売《いすけよりひめ》の命《みこと》の家《いへ》、狭井河《さゐがは》の上《へ》にありき。天皇《すめらみこと》その伊須気余理比売がり幸《い》でまして、一夜《ひとよ》御寝《みね》坐《ま》しき。後《のち》にその伊須気余理比売、宮内《おほみやのうち》に参《まゐ》りし時《とき》に、天皇御歌《おうた》よみたまひしく、

葦原《あしはら》の　密《しけ》しき小屋《をや》に　菅畳《すがたたみ》　いやさや敷《し》きて　我《わ》が二人《ふたり》寝《ね》し

二〇……伊須気余理比売《いすけよりひめ》

かれ天皇崩《すめらみことかむあが》りまして後《のち》に、その庶兄當藝志美美《まませたぎしみみ》の命《みこと》、その嫡后《おほきさき》伊須気余理比売を娶《よば》ひし時《とき》に、その三柱《みはしら》の弟《おとみこ》たちを殺《しい》せむとして謀《はか》れるほどに、その御祖《みおや》伊須気余理比売、患苦《うれ》ひまして、歌以《うたも》ちてその御子等《みこたち》に知《し》らしめたまひき。その歌《みうた》

狭井河《さゐがは》よ　雲立《くもた》ち渡《わた》り　畝火山《うねびやま》　木《こ》の葉《は》さやぎぬ　風吹《かぜふ》かむとす

九四……引田部赤猪子《ひきたべのあかゐこ》

かれ赤猪子《あかゐこ》が泣《な》く涙《なみだ》、その服《け》る丹揩《にずり》の袖《そで》に悉湿《とほりぬ》れて、その大御歌《おほみうた》に答《こた》へまつりて歌《うた》ひしく

御諸《みもろ》に　築《つ》くや玉垣《たまがき》　斎《つ》き余《あま》し　誰《た》にかも寄《よ》らむ　神《かみ》の宮人《みやひと》

備考　雄略天皇の歌に答えた歌

日本書紀《にほんしょき》

成立年　七二〇年（養老四年）
撰者（編者）　舎人親王ら
歌数　一二八首
■六国史の一つ。日本最古の勅撰の正史。三〇巻。「日本紀」とも

一五……大田田根子《おほたたねこ》

八年夏四月《はちねんなつうつき》（崇神天皇）、庚子《かのえね》の朔《ついたち》にして乙卯《きのとう》の日《ひ》（十六日）、高橋《たかはし》の邑《むら》の人活日《ひといくひ》を大《おほ》神《みわ》の掌酒《さかびと》と為《な》しき。冬十二月《ふゆしはす》、丙申《ひのえさる》の朔にして乙卯の日（二十日）、天皇《すめらみこと》大田田根子を以《も》ちて大神《おほかみ》を祭《まつ》らしめき。この日、活日自《みづか》ら神酒《みき》を擎《ささ》げて天皇に奉《たてまつ》り、仍《よ》りて歌《うた》ひしく

この御酒《みき》は　我《わ》が御酒ならず　日本成《やまとな》す　大物主《おほものぬし》の　醸《か》みし御酒　幾久《いくひさ》　幾久

かく歌《うた》ひて、神宮《かむみや》に宴《うたげ》しき

備考　大田田根子は大物主の神の五世の孫。その託宣により河内の美努村から探し出され三輪の神主となった人

一六……不詳

やがて宴竟《うたげをは》りて、諸大夫《まへつぎみたち》歌《うた》ひしく

味酒《うまさけ》　三輪《みわ》の殿《との》の　朝戸《あさと》にも　出《い》でて行《ゆ》かな　三輪の殿戸《とのと》を

備考　味酒は美味な酒を指し、三輪の枕詞

一七……崇神天皇《すじんてんのう》

ここに天皇《すめらみこと》、歌《うた》ひたまひしく、

味酒《うまさけ》　三輪《みわ》の殿《との》の　朝戸《あさと》にも　押《お》し開《ぴら》かね　三輪の殿戸《とのと》を

やがて神《かみ》の宮《みや》の門《みかど》を開《ひら》きて、幸行《いで》ましき

備考　夜宴の終わりに、客を引きとめる歌として歌われたという

この後《のち》（崇神十年）、倭迹迹日百襲姫《やまととどひももそひめ》の命《みこと》、大物主《おほものぬし》の神《かみ》の妻《みめ》と為《な》りたまひき。然《しか》るにその神《かみ》、常《つね》に昼《ひる》は見《み》えずして、夜《よる》のみ来《き》ましき。倭迹迹姫《やまととどひめ》の命、夫《せ》に語《かた》りたまひしく、「君《きみ》は常に昼は見えたまはねば、分明《あきら》かにその尊顔《みかほ》を視《み》ることを得《え》ず。願《ねが》はくは、暫《しば》し留《とど》まりたまへ。明《あ》くる旦《あした》、仰《あふ》ぎて美麗《うるは》しき威儀《みすがた》を観《み》まく欲《おも》ふ」と申《まう》したまひき。大《おほ》神対《かみこた》へて「言理灼然《ことわりいやちこ》なり。吾《われ》明くる旦、汝《いまし》が櫛笥《くしげ》に入《い》りて居《を》らむ。願《ねが》はくは吾《あ》が形《すがた》にな驚《おどろ》かしそ」と曰《の》りたまひき。ここに倭迹迹姫の命、心《こころ》の裏《うち》に密《ひそ》かに異《あや》しみたまひ、明くるを待《ま》ちて櫛笥を見れば遂《つひ》に美麗しき小虵《こへみ》有《あ》りき。その長大《おほき》さ衣紐《したひも》の如《ごと》くなりしかば、驚きて叫啼《さけ》びたまひき。時《とき》に大神耻《は》ぢて、忽《たちまち》に人《ひと》の形に化《な》り、その妻に謂《の》りたまひしく、「汝、忍《しの》びずて吾に羞《はぢ》見せつ。吾還《かへ》りて汝に羞見せむ」と曰りたまひて、大虚《おほぞら》を践《ふ》みて御諸山《みもろやま》に登《のぼ》りましき。ここに倭迹迹姫の命、仰ぎ見て悔《く》いて急居《つきう》。則《すなは》ち箸《はし》にて陰《ほと》を撞《つ》きて薨《みまか》りましき。乃《すなは》ち大市《おほち》に葬《をさ》めまつりき。かれ時《とき》の人その墓《はか》を號《なづ》けて、箸の墓《みはか》と謂《い》ひき。この墓は日《ひる》は人作《つく》り、夜は神作りき。かれ大坂《おほさか》の山《やま》の石《いし》を運《はこ》びて造《つく》るに、山より墓に至《いた》るまで、人民相踵《みたみらあひつ》ぎて、手遞傳《たごし》にして運びき。時の人歌《うた》ひしく

大坂《おほさか》に　継《つ》ぎ登《のぼ》れる　石群《いしむら》を　手越《たご》しに越《こ》さば　越しかてむかも

万葉集《まんようしゅう》

成立年　七七〇～七八五年。光仁天皇（宝亀年間）から桓武天皇（延暦年間）まで
編　者（撰者）　大伴家持（?～七八五年）
歌　数　約四五〇〇首
■約三五〇年分の長歌、短歌、旋頭歌を収録する現存最古の歌集。二〇巻から成る

［巻第一・雑歌］一七……額田王《ぬかたのおほきみ》

額田王、近江国《あふみのくに》に下《くだ》りし時《とき》、作《つく》れる歌《うた》。井戸王《ゐのへのおほきみ》すなはち和《こた》ふる歌

味酒《うまさけ》　三《み》輪《わ》の山《やま》　あをによし　奈良《なら》の山《やま》の　山《やま》の際《ま》に　い隠《かく》るまで　道《みち》の隈《くま》　い
積《つも》るまでに　つばらにも　見《み》つつ行《ゆ》かむを　しばしばも　見《み》さけむ山《やま》を　情《こころ》なく
雲《くも》の　隠《かく》さふべしや

［巻第一・雑歌］一八……額田王《ぬかたのおほきみ》

反歌《はんか》

三《み》輪《わ》山《やま》をしかも隠《かく》すか雲《くも》だにも情《こころ》あらなも隠《かく》さふべしや

右《みぎ》の二首《にしゅ》の歌《うた》は、山上憶良大夫《やまのうへのおくらたいふ》の類聚歌林《るいじゅかりん》に曰《いは》く、都《みやこ》を近江国《あふみのくに》に遷《うつ》しし時《とき》、三《み》輪《わ》山《やま》を御覧《みそなは》せし御歌《おうた》なりといへり。日本書紀《にほんしょき》に曰く、六年丙寅春三月辛酉朔己卯《ろくねんひのえとらはるやよひかのとりついたちつちのとのひ》、都《みやこ》を近江

に遷しきといへり

他出／夫木八八五八

〔巻第一・雑歌〕一九……井戸王《ゐのへのおほきみ》

綜麻形《へそがた》の林《はやし》の始《さき》のさ野榛《のはり》の衣《きぬ》に著《つ》くなす目《め》に著《つ》くわが背《せ》

右《みぎ》の一首《いっしゅ》の歌《うた》は、今案《いまかんが》ふるに和《こた》ふる歌《うた》に似《に》ず。但《ただ》、旧本《ふるきふみ》にこの次《つぎ》に載《の》せたり。故《かれ》以なほ載《の》す

備考　「綜麻形」は三輪山を指す

〔巻第二・相聞〕九四……内大臣藤原卿《ないだいじんふぢはらきやう》

内大臣藤原卿、鏡王女《かがみのおほきみ》に報《こた》へ贈《おく》れる歌一首《うたいっしゅ》

玉《たま》くしげ見《み》む圓山《まろやま》のさなかづらさ寐《ね》ずは遂《つひ》にありかつましじ

或本《あるふみ》の歌《うた》に曰《いは》く、玉《たま》くしげ三室戸山《みむろとやま》のみむまと山或《やまあるいは》みむろの山《やま》

他出／続古今一一四六

〔巻第二・相聞〕一五六……高市皇子尊《たけちのみこのみこと》

十市皇女薨《とをちのひめみこみまか》りましし時《とき》、高市皇子尊の作《つく》りませる御歌三首《みうたさんしゅ》

三諸《みもろ》の神《かみ》の神杉《かむすぎ》巳具耳矣自得見監乍共いねぬ夜《よ》ぞ多《おほ》き

備考　この歌の〈巳具耳矣自得見監乍共〉の読みについては諸説あり、確定していない

[巻第二■相聞] 一五七…………高市皇子尊《たけちのみこのみこと》

神山《かむやま》の山辺《やまべ》まそゆふ短《みじか》ゆふかくのみ故《から》に長《なが》くと思《おも》ひき

[巻第二■相聞] 一五九…………太后《おほきさき》

天皇崩《すめらみことかむあが》りましし時《とき》、太后の作《つく》りませる御歌一首《みうたいっしゅ》

やすみしし　わが大君《おほきみ》の　夕《ゆふ》されば　見《み》し賜《たま》ふらし　明《あ》け来《く》れば　問《と》ひ賜《たま》ふらし
神岳《かむをか》の　山《やま》のもみちを　今日《けふ》もかも　問《と》ひ給《たま》はまし　明日《あす》もかも　見し賜はまし
その山《やま》を　ふりさけ見《み》つつ　夕されば　あやにかなしみ　明けくれば　うらさび
暮《くら》し　あらたへの　衣の袖は　乾《ふ》る時《とき》もなし

[巻第三■雑歌] 三二七……山部宿禰赤人《やまべのすくねあかひと》

神岳《かむをか》に登《のぼ》りて、山部宿禰赤人の作《つく》れる歌《うた》一首《いっしゅ》並《ならび》に短歌《みじかうた》

三諸《みもろ》の　神名備山《かみなびやま》に　五百枝《いほえ》さし　繁《しじ》に生《お》ひたる　つがの木《き》の　いやつぎつぎに
玉《たま》かづら　絶《た》ゆることなく　ありつつも　止《や》まず通《かよ》はむ　明日香《あすか》の　旧《ふる》き京師《みやこ》は
山高《やまたか》み　河《かは》とほしろし　春《はる》の日《ひ》は　山《やま》し見《み》がほし　秋《あき》の夜《よ》は　河し清《さや》けし　朝雲《あさぐも》
に　鶴《たづ》は乱《みだ》れ　夕霧《ゆふぎり》に　かはづはさわく　見《み》るごとに　哭《ね》のみし泣《な》かゆ　いにし
へ思《も》へば

他出／古六帖二五〇二

[巻第三■雑歌] 三二八……山部宿禰赤人《やまべのすくねあかひと》

反歌《はんか》

明日香河川淀《あすかがはかはよど》さらず立《た》つ霧《きり》の思《おも》ひ過《す》ぐべき恋《こひ》にあらなくに

[巻第四■相聞] 七一五……丹波大女娘子《たにはのおほめをとめ》

丹羽大女娘子の歌《うた》

味酒《うまさけ》を三輪《みわ》の祝《はふり》がいはふ杉《すぎ》手《て》触《ふ》れし罪《つみ》か君《きみ》にあひがたき

他出／夫木一五〇五〇

[巻第七■雑歌] 一〇九六 ……………柿本人麻呂《かきのもとのひとまろ》

山《やま》を詠《よ》める

鳴《な》る神《かみ》の音《おと》のみ聞《き》きし巻向《まきむく》の檜原《ひばら》の山《やま》を今日《けふ》見《み》つるかも

[巻第七■雑歌] 一〇九七 ……………柿本人麻呂《かきのもとのひとまろ》

三諸《みもろ》のその山並《やまなみ》に子《こ》らが手《て》を巻向山《まきむくやま》は継《つぎ》のよろしも

[巻第七■雑歌] 一〇九八 ……………柿本人麻呂《かきのもとのひとまろ》

我《あ》が衣《ころも》色《いろ》服《ぎぬ》染《そ》めむ味酒《うまさけ》を三室《みむろ》の山《やま》はもみちせりけり

右《みぎ》の三首《さんしゅ》は、柿本人麻呂の歌集《うたのしふ》に出《い》でたり

［巻第七■雑歌］一〇九九……………不詳

三諸《みもろ》つく三輪山《みわやま》見れば隠口《こもりく》の始瀬《はつせ》の檜原《ひばら》おもほゆるかも

［巻第七■雑歌］一一一八……………柿本人麻呂《かきのもとのひとまろ》

葉《は》を詠《よ》める

いにしへにありけむ人《ひと》もわがごとか三輪《みわ》の檜原《ひばら》に插頭《かざし》折りけむ

他出／拾遺四九一・古六帖二三二六・夫木一三九三四

［巻第七■雑歌］一一一九……………柿本人麻呂《かきのもとのひとまろ》

往《ゆ》く川《かは》の過《す》ぎにし人《ひと》の手折《たを》らねばうらぶれ立《た》てり三輪《みわ》の檜原《ひばら》は

右《みぎ》の二首《にしゅ》は、柿本人麻呂の歌集《うたのしふ》に出《い》でたり

［巻第七■雑歌］一一四四……………不詳

玉《たま》くしげ見諸戸《みもろと》山《やま》を行《ゆ》きしかば面白《おもしろ》くしていにしへ思《おも》ほゆ

右《みぎ》の件《くだり》の歌《うた》は、古集《ふるきしふ》の中《うち》に出《い》でたり

〔巻第七▪雑歌　譬喩歌〕一四〇七……………不詳

旋頭歌《せどうか》

御幣《みぬさ》取《と》り神《みわ》の祝《はふり》か斎《いは》ふ杉原《すぎはら》薪《たきぎ》伐《き》りほとほとしくに手斧《てをの》取《と》らえぬ

他出／夫木一三九二四

〔巻第八▪秋雑歌〕一五二一……………長屋王《ながやのおほきみ》

長屋王の歌《うた》一首《いっしゅ》

味酒《うまさけ》三輪《みわ》の祝《はふり》が山照《やまて》らす秋《あき》のもみちの散《ち》らまく惜《を》しも

他出／夫木六二七九、一五〇五一

[巻第九・雑歌]一六八八…………不詳

舎人皇子《とねりのみこ》に献《たてまつ》れる歌

春山《はるやま》は散《ち》り過《す》ぐれども三輪山《みわやま》はいまだ含《ふふ》めり君待《きみま》ちがてに

他出/家持集三八

[巻第九・雑歌]一七六五…………(一説に)柿本人麻呂《かきのもとひとまろ》

鳴鹿《しか》を詠《よ》める歌一首《うたいっしゅ》ならびに短歌《みじかうた》

三諸《みもろ》の　神奈備山《かんなびやま》に　立《た》ち向《むか》ふ　三垣《みかき》の山《やま》に　秋萩《あきはぎ》の　妻《つま》をまかむと　朝月夜《あさづくよ》
明《あ》けまく惜《を》しみ　あしひきの　山《やま》びことよめ　よび立《た》て鳴《な》くも

備考　次の反歌の後書によれば、柿本人麻呂の作ともいう

[巻第九・雑歌]一七六六…………(一説に)柿本人麻呂《かきのもとひとまろ》

反歌《はんか》

明日《あす》の夕《よひ》あはざらめやもあしひきのやまびことよめ呼《よ》び立《た》て鳴《な》くも

右《みぎ》の件《くだり》の歌《うた》は、或《あるい》は云《い》はく、柿本人麻呂の作《さく》なりといへり

〔巻第九■雑歌　相聞〕一七七四…………不詳

大神太夫《おほみわのたいふ》の長門守《ながとのかみ》に任《ま》けらえし時《とき》、三輪河《みわかは》の辺《ほとり》に集《つど》ひて宴《うたげ》せる歌《うた》二首《にしゅ》

三諸《みもろ》の神《かみ》の帯《お》ばせる泊瀬河《はつせかは》水脈《みを》し絶《た》えずは吾《われ》忘《わす》れめや

右《みぎ》の歌《うた》は、古集《ふるきしふ》の中《うち》に出《い》でたり

他出／夫木一〇九三二

〔巻第九■雑歌　相聞〕一七七七…………不詳

弓削皇子《ゆげのみこ》に献《たてまつ》れる歌《うた》一首《いっしゅ》

神南備《かむなび》の神依板《かみよりいた》にする杉《すぎ》の思《おも》ひも過《す》ぎず恋《こひ》のしげきに

他出／古六帖四二八〇

[巻第一一・物に寄せて思を陳ぶ] 二四七六…………不詳

見渡《みわた》しの三室《みむろ》の山《やま》の石穂菅《いはほすげ》ねもころ吾《われ》は片思《かたもひ》ぞする

一云《あるいはいはく》、三諸《みもろ》の山《やま》の石小菅《いはこすげ》

他出／古六帖三九四二・夫木一三五四四

[巻第一一・問答] 二五一七…………不詳

味酒《うまさけ》の三諸《みもろ》の山《やま》に立《た》つ月《つき》の見《み》がほし君《きみ》が馬《むま》の音《おと》ぞする

[巻第一二・物に寄せて思を陳ぶ] 三〇二八…………不詳

或《あ》る本《ふみ》の歌《うた》に曰《いは》く

三輪山《みわやま》の山下響《やましたとよ》み行《ゆ》く水《みづ》の水脈《みを》し絶《た》えずは後《のち》もわが妻《つま》

他出／古六帖二九三四

[巻第一三・雑歌] 三二二六…………不詳

三諸《みもろ》は　人《ひと》の守《も》る山《やま》　本《もと》べは　馬酔木《あしび》花《はな》さき　末《すゑ》べは　つばき花さく　うらぐは
し山《やま》そ　泣《な》く児《こ》守《も》る山

［巻第一三■雑歌］三二四一……………不詳

葦原《あしはら》の　瑞穂《みづほ》の国《くに》に　手向《たむけ》すと　天降《あも》りましけむ　五百万《いほよろづ》　千万神《ちよろづかみ》の　神代《かみよ》より
言《い》ひつぎ来《きた》る　甘南備《かむなび》の　三諸《みもろ》の山《やま》は　春《はる》されば　春がすみ立《た》ち　秋《あき》ゆけば　く
れなゐにほふ　甘南備の　三諸の神《かみ》の　帯《おび》にせる　明日香《あすか》の川《かは》の　水脈《みを》速《はや》み　生《お》
ひためがたき　石枕《いはまくら》　こけ生《む》すまでに　新夜《あらたよ》の　さきく通《かよ》はむ　事計《ことはかり》　夢《ゆめ》に見《み》せ
こそ　剣刀《つるぎたち》　斎《いは》ひ祭《まつ》れる　神にしませば

夫木／八八四九、一一一九〇

［巻第一三■雑歌］三二四二……………不詳

反歌《はんか》

神奈備《かむなび》の三諸《みもろ》の山《やま》に斎《いは》ふ杉《すぎ》おもひ過《す》ぎめやこけ生《む》すまでに

他出／夫木一三九〇三

[巻第一三・雑歌] 三二四三……不詳

反歌《はんか》

斎串《いぐし》立《た》て神《み》酒《お》坐《す》ゑ奉《まつ》る神主部《かむぬし》のうずの玉《たま》かげ見《み》ればともしも

右三首《みぎさんしゅ》。但《ただし》、或書《あるふみ》に、この短歌一首《みじかうたいっしゅ》は、載《の》することあること無《な》し

[巻第一三・雑歌] 三二四四……不詳

みてぐらを　奈良《なら》より出《い》でて　水蓼《みづたで》　穂積《ほづみ》に至《いた》り　鳥網張《となみは》る　坂手《さかて》を過《す》ぎ　石走《いはばし》る　甘南備山《かむなびやま》に　朝宮《あさみや》に　仕《つか》へ奉《まつ》りて　吉野《よしの》へと　入《い》ります見《み》れば　いにしへ思《おも》ほゆ

[巻第一三・雑歌] 三二四五……不詳

月日《つきひ》はかはり行《ゆ》けども久《ひさ》にふる三諸《みもろ》の山《やま》の離宮地《とつみやどころ》

[巻第一三・雑歌] 三二八〇……不詳

春去《はるさ》れば　花《はな》さきををり　秋《あき》づけば　丹《に》の穂《ほ》にもみつ　味酒《うまさけ》を　神名火山《かむなびやま》の　帯《お》びにせる　明日香《あすか》の川《かは》の　速《はや》き瀬《せ》に　生《お》ふる玉藻《たまも》の　うちなびき　心《こころ》は寄《よ》りて　朝露《あさつゆ》の　消《け》なば消《け》ぬべく　恋《こ》ひしくも　しるくもあへる　こもり妻《づま》かも

［巻第一三・雑歌］三二二八二……………不詳

三諸《みもろ》の　神奈備山《かむなびやま》ゆ　との曇《ぐも》り　雨《あめ》はふり来《き》ぬ　雨霧《あまぎ》らひ　風《かぜ》さへ吹《ふ》きぬ　大口《おほくち》の　真神《まかみ》の原《はら》ゆ　思《しの》ひつつ　還《かへ》りにし人《ひと》　家《いへ》に到《いた》りきや

古《こ》今《きん》和《わ》歌《か》集《しゅう》

成立年　九〇五年（延喜五年）

撰者（編者）　紀友則・紀貫之・凡河内躬恒・壬生忠岑

歌数　一一〇〇首

■二〇巻。醍醐天皇の命により編まれた第一番目の勅撰和歌集。ほぼ万葉歌の時代以後の歌を集めている。成立以後日本の文学伝統の中枢として重んじられている

［巻第二・春歌下］九四…………紀貫之《きのつらゆき》

はるのうたとてよめる

三《み》わ山《やま》をしかもかくすか春霞《はるがすみ》人《ひと》にしられぬ花《はな》やさくらむ

他出／家持三〇七

［巻第五・秋歌下］二九六…………壬生忠岑《みぶのただみね》

枯《こ》稿《かうせる》形容《けいよう》何日《いづれのひにか》改《あらためむ》　通宵《つうせう》抱膝《ひざをかかへて》百憂《ひやくいう》成《なる》

神《かむ》なびのみむろの山《やま》を秋《あき》ゆけば錦《にしき》たちきる心地《ここち》こそすれ

他出／新撰万葉一四一・新撰和歌五八・古六帖三五一九・忠岑三〇

［巻第一四・恋歌四］七八〇……………伊勢《いせ》

仲平《なかひら》の朝臣《あそん》あひしりて侍《はべ》りけるをかれ方《がた》になりにければ、ちちがやまとのかみに侍りけるもとへまかるとてよみてつかはしける

みわの山《やま》いかにまち見む年《とし》ふともたづぬる人《ひと》もあらじと思《おも》へば

他出／伊勢三・金玉六三・古六帖八七八、二八七〇・新撰和歌三五八

［巻第一七・雑歌上］九八二……………詠《よ》み人《びと》知《し》らず

わがいほはみわの山《やま》もとこひしくはとぶらひきませすぎたてるかど

備考　謡曲「三輪」の元になった歌

他出／新撰和歌三一六・古六帖一三六四

[巻第二〇・神あそびのうた] 一〇七四………不詳

とりもののうた

神《かみ》がきのみむろの山《やま》のさかきばは神《かみ》のみまへにしげりあひにけり

備考　とりもの（採物）は祭事の時に神人が手にとりもつ道具。特に、神楽の時に舞人が手にとって舞う

他出／古六帖二二五・新古今一〇七四

新撰和歌《しんせんわか》

成立年　九三〇～九三四年（延長八～承平四年）

撰　者（編者）　紀貫之

歌　数　三六一首

■貫之（八六八～九四五年頃）の土佐在任中に編まれた

[巻第二] 一五二………不詳

夏《なつ》、冬并四十首《ふゆあはせてよんじつしゆ》

雪《ゆき》のうちに見《み》ゆるときはは みわの山道《やまみち》のしるべ のすぎにやあるらん

躬恒集《みつねしゅう》

成立年　一一〇九～一一一〇年（天任二～天永元年）
撰　者（編者）　未詳
歌　数　四八二首
■凡河内躬恒は三十六歌仙の一人で、古今集の撰者の一人

一五六……………凡河内《おほしかふちの》躬恒《みつね》

雪中《せっちゅう》のすぎのおなじおほせ

ゆきのうちにみゆるときははみわやまのやどのしるしのすぎにぞありける

敦忠集《あつただしゅう》

成立年　九六〇～一〇〇五年（天徳四～寛弘二年）
撰者（編者）　未詳
歌数　一四五首
■藤原敦忠（九〇六～九四三年）は三十六歌仙の一人。藤原時平の子。母は在原棟梁の娘。本集は後撰集と拾遺集の間に編まれた

一四……藤原敦忠《ふぢはらのあつただ》

あふみのかういに

みわの山《やま》かひなかりけりわがかどのいりえのまつはきりやしてまし

一五……不詳

かへし

うゑおきしみわの山《やま》もりゆるさずはおひしげるともたれかきるべき

貫之集《つらゆきしゅう》

成立年　一〇世紀中頃
撰者（編者）　未詳
歌数　九一三首
■三十六人集の一つ。紀貫之（?～九四六年）は古今和歌集撰者の一人。「新撰和歌」を編纂、『土佐日記』を執筆。三十六歌仙の一人

［巻第二］一四六……紀貫之《きのつらゆき》

馬《むま》にのりたる人《ひと》おほく行《ゆ》く
行《ゆ》くがうへにはやくゆけ駒《こま》かみがきのみむろの山《やま》の山《やま》かづらせん

他出／古六帖一〇七六・大木八八四三

［巻第三］二二六……紀貫之《きのつらゆき》

大神《おほかみ》のまつりにまうでたる
いにしへのことならずしてみわの山《やま》こゆるしるしは杉《すぎ》にぞ有《あ》りける

中務集《なかつかさしゅう》

成立年　未詳
撰　者（編者）　未詳
歌　数　二五四首
■中務は宇多天皇の皇子、中務卿敦慶《あつよし》親王と伊勢の娘。夫は源信明。三十六歌仙の一人

一三六……中務《なかつかさ》

山里《やまざと》にかよふ人《ひと》あるやうにききて
ちはやぶるみわの山《やま》もとへにければこひしき人《ひと》もあらじとぞおもふ

一三七……中務《なかつかさ》

返事《かへりごと》
おとにのみありとは聞《き》けどみわの山《やま》すぎのおひたるかただにも見《み》ず

仲文集《なかふみしゅう》

成立年　九九〇年（正暦元年）頃
撰　者（編者）　未詳
歌　数　八五首
■藤原仲文（九二三〜九九二年）は三十六歌仙の一人。信濃守公葛の子。冷泉天皇の六位蔵人として仕えた

六七……………藤原仲文《ふぢはらのなかふみ》

かよふみやづかへ人《びと》のさととひおきてたづねけれど、さらにえあはで、のちに、みわのやまもとときこえしはといへば

みわの山《やま》このゆくすゑはいかなればところどころにすぎたてりけむ

元真集《もとざねしゅう》

成立年　未詳
撰者（編者）　未詳
歌数　三三七首
■藤原元真（生没年不詳）は平安中期の歌人。甲斐守藤原清邦の三男。母は紀名虎の娘。三十六歌仙の一人

［巻第三］七六……藤原元真《ふぢはらのもとざね》

左《さ》れう
今朝《けさ》よりはかすみやまぢにたちのぼりみわの古郷《ふるさと》ほのかにぞ見《み》る

他出／夫木一四二六一

［巻第三］三一四……藤原元真《ふぢはらのもとざね》

人《ひと》のくになるをむなに
みわやまのしるしのすぎもかれはててなき世《よ》にわれぞきてたづねつる

他出／夫木一三九二三

［巻第三］三一七……藤原元真《ふぢはらのもとざね》

人《ひと》のくになるをむなに

かすみたつみわの山本《やまもと》ひとしれず春《はる》のなげきをわれにつまする

[巻第三] 三一八 ………… 藤原元真《ふぢはらのもとざね》

人《ひと》のくになるをむなに

ゆきふればまづぞかなしきみわのやましるしのすぎの見《み》えじとおもへば

順集《したごうしゅう》

成立年　平安時代中期〜後期
撰者（編者）　未詳
歌数　二九八首
■源順（九一一〜九八三年）は三十六歌仙および梨壺の五人の一人。「和名類聚抄」を編纂

[冬] 二九 ………… 源順《みなもとのしたごう》

とへといひし人《ひと》はありやと雪《ゆき》分《わ》けて尋《たづ》ねきつるぞみわの山本《やまもと》

斎宮女御集《さいぐうのにようごしゆう》

成立年　未詳
撰　者（編者）　未詳
歌　数　二六四首
■斎宮女御徽子女王（九二九～九八五年）は三十六歌仙の一人。父は醍醐天皇の皇子重明親王。母は太政大臣藤原忠平女寛子

四八……斎宮女御徽子女王《さいぐうのにようごきしじよわう》

御《おん》かへし

わすれじといふにもよらじみわの山《やま》すぎのもとにはあめもりにけり

能宣集《よしのぶしゆう》

成立年　九八四～九八六年（永観二～寛和二年）
撰　者（編者）　大中臣能宣
歌　数　四八五首
■能宣（九二一～九九一年）は伊勢祭主神祇大副頼基の子。梨壺の五人および三十六歌仙の一人。輔親の父

一三六……大中臣能宣《おほなかとみのよしのぶ》

四月《うづき》、いへの神《かみ》まつる所《ところ》

みむろやまみねのさかきばよろづよにとりてまつらむわがやどのかみ

他出／夫木一六〇六四

玄《げん》玄《げん》集《しゅう》

成立年　九八七～一〇四四年（永延元～寛徳元年）
撰　者（編者）　能因法師
歌　数　一六八首
■一条天皇の永延（九八七年）から後朱雀天皇の寛徳（一〇四四年）に至るまでのおよそ六〇年間における秀歌を撰んだものである。歌人別に配されている。能因法師（九八八～一〇五一年）は中古三十六歌仙の一人

六六……………藤原長能《ふぢはらのながたふ》

長能十首《ながたふじつしゅ》　上総守《かづさのかみ》

月《つき》も日《ひ》もかはり行《ゆ》けどもひさにふるみむろのやまのとこ宮所《みやどころ》

他出／夫木八八四八

好忠集《よしただしゅう》

成立年　平安中期
撰　者（編者）　未詳
歌　数　五八七首
■「曾丹集」とも呼ばれる。「後拾遺集」頃から編纂されたと見られる。曾禰好忠は生没年不詳だが、九六〇年頃三〇歳すぎだったことが知られる。中古三十六歌仙の一人

［はじめの冬　十月中］二九三……曾禰好忠《そねのよしただ》

みむろやまこのはちりにし朝《あした》よりあらはにみゆるよものたまがき

他出／夫木八八四七

賀茂保憲女集《かものやすのりのむすめしゅう》

成立年　九九三年（正暦四年）初冬から翌春
撰　者（編者）　賀茂保憲女
歌　数　二一〇首
■「賀茂保憲女集」は「鴨女集」とも呼ばれる。漢詩人の慶滋保胤《よししげのやすたね》の姪

［ふゆ］一〇二……賀茂保憲女《かものやすのりのむすめ》

紅葉《もみぢ》ばはあきにぞしむるよの中《なか》をみむろの山《やま》は名《な》のみなりけり

古今和歌六帖《こきんわかろくじょう》

成立年　未詳
撰　者（編者）　未詳
歌　数　四四九四首
■「万葉集」から「後撰集」の頃までの約四五〇〇首（重出歌を含む）を二五項五一七題に分類して収めた類題和歌集。兼明天皇あるいは源順を編者に想定し貞元・天元（九七六〜九八二年）頃の成立と考える説が有力である

［巻第二］八三〇……………不詳

山《やま》

みむろのやその山《やま》なかにこなからをまきもく山《やま》につきてよろしも

［巻第二］八五五……………ひとまろ

山《やま》

世《よ》をうしといとひし人《ひと》は神《かむ》なびのみむろの山《やま》に入《い》りにけるかも

他出／夫木八八四四

［巻第五］二九三九……………ただふさ

人をたづね

みわの山《やま》しるしのすぎはかれずともたれかは人《ひと》のわれをたづねん

他出／続後撰九四〇

［巻第五］三四八三……………不詳

くれなゐ

たがまきしくれなゐなれかみわ山《やま》をひたくれなゐににほはせるらん

他出／夫木一三五七四

［巻第六］四二七八……つらゆき

すぎ

わすれずはたづねもしてんみわの山《やま》しるしにうゑし杉《すぎ》はなくとも

拾《しゅう》遺《い》和《わ》歌《か》集《しゅう》

成立年　一〇〇五〜一〇〇六年（寛弘二〜三年）
撰　者（編者）　花山院
歌　数　一三五一首
■二〇巻。「拾遺抄」を増補

［巻三・秋］一八八……曾禰好忠《そねのよしただ》

三百六十首《さんびやくろくじつしゅ》の中《うち》に

神《かみ》なびのみむろの山《やま》をけふみればした草《くさ》かけて色《いろ》づきにけり

他出／好忠二二五

［巻七・物名］三八九…………高向草春《たかむこのくさはる》

むろの木《き》

神《かみ》なびのみむろのきしやくづるらん竜田《たつた》の河《かは》の水《みづ》のにごれる

他出／和漢五〇九

［巻八・雑上］四八六…………もとすけ

はつせのみちにてみわの山《やま》を見侍《みはべ》りて

みわの山《やま》しるしのすぎは有《あ》りながらをしへし人《ひと》はなくていくよぞ

他出／元輔一三九

［巻第八・雑上］四九〇…………不詳

山《やま》をよめる

なる神《かみ》のおとにのみきくまきもくのひばらの山《やま》をけふ見《み》つるかな

他出／人丸二一八・古六帖八五三・夫木八五八六

［巻一九・雑恋］一二六六 ……… つらゆき

延喜《えんぎ》御時《おほんとき》中宮《ちゆうぐう》屏風《びやうぶ》に

いづれをかしるしとおもはむみわの山《やま》有《あ》りとしあるはすぎにぞありける

他出／貫之一四五・古六帖四二七七

馬内侍集《うまのないししゆう》

成立年　未詳
撰者（編者）　未詳
歌数　二〇九首

■馬内侍（九五〇年頃生）は右馬権頭《うまのごんのかみ》源《みなもとの》時明《ときあきら》の娘。定子に仕えて中宮内侍・馬内侍と呼ばれた。中古三十六歌仙の一人

一七七 ……… 馬内侍《むまのないし》

つつむとのみある人《ひと》に

みねの雪谷《ゆきたに》の氷《こほり》にとぢられてあとみえがたきみわの山《やま》もと

一七八……馬内侍《むまのないし》

返《かへ》し

みわの山《やま》しるしの杉《すぎ》もみえぬまでふりつむ雪《ゆき》に跡《あと》たえてやは

和泉式部続集《いずみしきぶぞくしゅう》

成立年　未詳
撰　者（編者）　他撰
歌　数　六四七首
■和泉式部集は五種類の伝本の総称。「正集」「続集」は自身の手が加わった第一次的な家集。和泉式部（九七六〜九七九年頃生）は越前守大江雅致の娘。小式部内侍の母

四〇一……和泉式部《いづみしきぶ》

かたらふ人《ひと》の山里《やまざと》になむいくと云《い》ひたるに

四四九……和泉式部《いづみしきぶ》

そこもととすぎのたちどをしへなむ尋《たづ》ねもゆかんみわの山《やま》もと

とほきところへまうづとて、ある人《ひと》のもとに
みほの海《うみ》のうらにみへ《(ママ)》ぞゆくたづねずはみわのやまべのさもたたじとて
他出／夫木一七一二〇

大斎院前の御集《だいさいいんさきのぎょしゅう》

成立年　未詳
撰者（編者）　未詳
歌数　三九四首
■大斎院選子内親王（九六四～一〇三一年）は村上天皇第一〇皇女、右大臣藤原師輔女安子が母。本来、斎院の奉仕は一代だが、五代五七年にわたったためか、大斎院とされる

［下巻］二三八……………馬内侍《むまのないし》
すみよしのみむろの山《やま》のうせたらばうき世中《よのなか》のなぐさめもあらじ

［下巻］二三九……………宰相《さいしやう》

すみよしのなもかひなくてうきことをみむろの山《やま》に思《おも》ひこそいれ

返《かへ》し、宰相

輔親集《すけちかしゅう》

成立年　未詳
撰者（編者）　輔親の子女
歌数　二一〇首
■大中臣輔親（九五四〜一〇三八年）は能宣の子。伊勢大輔の父。中古三十六歌仙の一人

一二七……………大中臣輔親《おほなかとみのすけちか》

おなじ日《ひ》、みわのやまもとゆくに、こがくれなるもみぢのちらず　おもしろくみゆれば

みわのやますぎのしるしはとしふりてちるあたらしきもみぢ葉《ば》の色《いろ》

一八三……………大中臣輔親《おほなかとみのすけちか》

また、よそにてかたらふ人《ひと》のほかにわたりけるを、いひやる

いづくともありかをしらぬひとゆゑにたづねぞわぶるみわのやまでら

一八四……不詳

をんなかへし

よそにてもすぎはみゆるをみわのやまなにしかてらに人《ひと》のたづぬる

公任集《きんとうしゅう》

成立年　一〇四一年（長久二年）
撰者（編者）　未詳
歌数　五六五首
■藤原公任（九六六～一〇四一年）は太政大臣小野宮実頼の孫。関白頼忠の子。三船の才で知られ、「拾遺抄」「和漢朗詠集」などを撰。『北山抄』『新撰髄脳』を著す

九……藤原公任《ふぢはらのきんたふ》

ほどへてたてまつれたる

花《はな》さきしひより待《ま》つかなたづぬやとみわの山《やま》べの鶯《うぐひす》のこゑ

他出／夫木三四〇

後拾遺和歌集《ごしゅういわかしゅう》

成立年　一〇八六年（応徳三年）
撰者（編者）　藤原通俊
歌数　一二一八首
■二〇巻。底本は通俊自筆本系のうち為家相伝本系の写本で、冷泉家蔵本の忠実な臨模本と思われる

［巻第一三・恋三］七三八……皇太后宮陸奥《おほきさいのみやむつ》

成資朝臣《なりすけあそん》やまとのかみにてはべりけるときものいひわたり侍《はべり》けり、たへてとしへにけるのち、みやにまゐりてはべりけるくるまにいれさせてはべりける

あふことをいまはかぎりとみわのやますぎのすぎにしかたぞ恋《こひ》しき

［巻第一三・恋三］七三九……詠《よ》み人《びと》知らず

すぎむらといひてしるしもなかりけりひともたづねぬみわの山《やま》もと

［巻第一六・雑二］九四〇……素意法師《そいほふし》

三輪《みわ》のやしろわたりにはべりけるひとをたづねる人にかはりて

ふるさとのみわのやまべをたづぬれどすぎまの月《つき》のかげだにもなし

他出／続後撰九四〇

弁乳母集《べんのめのとしゅう》

成立年　未詳
撰　者（編者）　未詳
歌　数　一〇九首
■弁乳母は藤原順時の娘。顕綱の母。三条天皇皇女禎子内親王（陽明院）の乳母。
詠歌年代が推定可能なのは一〇一七～一〇七八年

三二一……藤原順時女《ふぢはらのまさときのむすめ》

もとの人《ひと》は、その神《かみ》わすれにけりとありしかば

いその神《かみ》ふるのやしろをわするればうしろめたなきみわのやまかな

金葉和歌集《きんようわかしゅう》

成立年　一一二六～一一二七年（大治元～二年）
撰　者（編者）　源俊頼
歌　数　六六五首
■一〇巻。第五代の勅撰和歌集であり、拾遺抄の影響をうけている。天治元年、白河法皇の院宣を奉じ俊頼が撰進している。初度本、二度本、三奏本がある

[巻第四・冬部] 二六三 ……………大納言経信《だいなごんつねのぶ》

落葉《おちば》をよめる

みむろ山《やま》もみぢちるらしたび人《びと》のすげのをがさににしきおりかく

他出／経信一四四

[巻第四・冬部] 二八五 ……………皇后宮摂津《くわうごうぐうのせっつ》

宇治前《うぢのさきの》太政大臣《だじやうだいじん》家《け》歌合《うたあはせ》に雪《ゆき》の心《こころ》をよめる

ふるゆきにすぎのあをばもうづもれてしるしも見《み》えずみわのやまもと

[巻第四・冬部] 二九五 ……………皇后宮権大夫師時《くわうごうぐうのごんのたいぶもろとき》

かぐらの心《こころ》をよめる

かみがきのみむろのやまにしもふればゆふしでかけぬさかき葉《ば》ぞなき

他出／本集二九九の歌と同じ

［三奏本・巻第一■春部］解二八……清原祐隆《きよはらのすけたか》

郭公《ほととぎす》といふことをよめる

みわの山《やま》すぎがてになけ時鳥《ほととぎす》尋《たづ》ぬるけふのしるしと思《おも》はん

［三奏本・巻第三■秋部］解四八……藤原親隆《ふぢはらのちかたか》

摂政《せつしやう》左《さ》大臣《だいじん》家《け》にて山月《やまのつき》といへる事《こと》をよめる

みわの山杉《やますぎ》まもりくる影《かげ》みれば月《つき》こそ秋《あき》のしるしなりけれ

備考　橋本公夏筆本拾遺

経信集《つねのぶしゅう》

成立年　一一五九年（平治元年）以降
撰　者（編者）　未詳
歌　数　二七七首
■源経信（一〇一六〜一〇九七年）は宇多源氏民部卿道方の第六子。俊頼の父。世に大納言という。公任と並ぶ三船の才を称された

一三二……源経信《みなもとのつねのぶ》

紅葉《もみぢ》

もみぢばをふきこすかぜはたつたやまみね《わ》のまつにもにしきおりかく

一四四……源経信《みなもとのつねのぶ》

紅葉《もみぢ》

みむろやまもみぢちるらしたび人《びと》のすげのをがさににしきおりかく

江師集《ごうのそちしゅう》

成立年　一一一一年（天永二年）前後
撰　者（編者）　他撰
歌　数　五二三首

■大江匡房（一〇四一～一一一一年）は、信濃守大学頭大江成衡の子。菅原道真と比較されるほどの学才。大宰権帥を兼任したことで、江師《ごうのそち》と号した

三六一……大江匡房《おほえのまさふさ》

みむろやまに、もみぢあさくこくて、いろにしきをはれるごとし

しぐれふるみむろのやまのもみぢばはたがおりかけしにしきなるらん

四六五……大江匡房《おほえのまさふさ》

ゆふぐれのほととぎす、人にかはりて

ことわりやみわのやしろのほととぎすゆふかけてこそなきわたりけれ

周防内侍集《すおうのないしじゅう》

成立年　一一〇〇年（康和二年）
撰者（編者）　未詳
歌数　九六首
■周防内侍（一〇九一年頃～一一一〇年頃）の本名は平仲子。平棟仲（和歌六人党の一人）の娘

九五……平仲子《たひらのちゆうし》

うちの大弐《だいに》、つれづれまぎらはさんとて、いとふるめかしき人《ひと》のもとに、しられねどしりがほにかきてぞつかわしければ、いみじうけうじけり

みわの山《やま》ふるのやしろのもとがしはこひしとやおもふこひしとぞおもふ

九六……不詳

返《かへ》し

いつはりを神《かみ》もいかがはみわの山《やま》たれをこふるのやしろなるらん

散《さん》木《ぼく》奇《き》歌《か》集《しゅう》

成立年　一一二七〜一一二八年（大治二〜三年）
撰者（編者）　源俊頼
歌数　一六二二首
■俊頼の自撰歌集。俊頼（一〇五五？〜一一二八年）は大納言源経信の三男。白河院の命で「金葉和歌集」を撰。『俊頼髄脳』を著す

［巻第一・春部］六七……源俊頼《みなもとのとしより》

修理太夫《しゅりのだいぶ》顕季卿《あきすゑきやう》六条家《ろくでうけ》にて、桜歌十首人人《さくらうたじつしゆひとびと》によませ侍《はべ》りけるに

みわの山《やま》すぎまをわけて尋《たづ》ぬれば花《はな》こそ春《はる》のしるしなりけれ

［巻第三・秋部］四五四……源俊頼《みなもとのとしより》

鹿《しか》のこゑ嵐《あらし》にたぐふといへる事《こと》をよめる

みむろ山鹿《やましか》のなくねにうちそへて嵐《あらし》ふくなり秋《あき》のゆふぐれ

［巻第四・冬部］六六七……源俊頼《みなもとのとしより》

又人《またひと》にかはりて

衣手《ころもで》のさえゆくままに神《かみ》なみのみむろの山《やま》に雪《ゆき》はふりつつ

［巻第五・祝部］七五九……源俊頼《みなもとのとしより》

みわの山《やま》をよめる

三輪《みわ》の山杉《やますぎ》のしをりをしるしにてたつきもしらぬかけぢをぞゆく

他出／夫木一五四七六

［巻第六・悲嘆部］八五八……源俊頼《みなもとのとしより》

別当実行《べつたうさねゆき》の家《いへ》にて隠家《かくれが》といへる事《こと》をよめる

あたりをばなほほのめかせ神垣《かみがき》やみわのしるしはたえもこそすれ

後葉和歌集《ごようわかしゅう》

成立年　一一五六〜一一五七年（保元元〜二年）
撰　者（編者）　藤原為経
歌　数　五九〇首
■「詞花和歌集」に対する不満から編まれたものとされている。為経（一一一三?〜一一八三年頃）は為忠の子。一一四三年（康治二年）に出家、法名寂超

[巻第五・秋下] 一八五 ………… 大納言《だいなごん》伊通《これみち》

中納言《ちゅうなごん》家成《いへなり》家《け》歌合《うたあはせ》に

おく霜《しも》にあらそひかねて神《かみ》なみのみむろの山《やま》はこのはちるらし

田《た》多《だ》民《み》治《ち》集《しゅう》

成立年　一一六四年（長寛二年）以降？
撰　者（編者）　他撰
歌　数　二三二首

■藤原忠通（一〇九七〜一一六四年）は摂政関白として四代の天皇に仕え、法性寺殿と称された。俊頼、基俊ら歌人を庇護した

[雑]　二三〇……………法《ほつ》性《しやう》寺《じ》殿《どの》忠《ただ》通《みち》公《こう》

月《つき》三十《さんじふ》五《ご》首《しゆ》

みわの山《やま》みちしるよはの月《つき》ならでたれかはとはん杉《すぎ》たてる門《かど》

清輔集《きよすけしゅう》

成立年　一一七七年（治承元年）
撰者（編者）　未詳
歌数　四四四首
■藤原清輔朝臣（一一〇四～一一七七年）は、顕輔の次男。御子左家の俊成と並び称される歌人。「続詞花集」撰。『奥義抄』『袋草子』『和歌初学抄』などを著す

五……清輔朝臣《きよすけあそん》

社頭子曰《しやとうしいはく》

松《まつ》はいな神《かみ》のみむろのねのびには榊《さかき》をちよのためしにはせん

他出／夫木一四五

三九……清輔朝臣《きよすけあそん》

桜《さくら》

かざしをるみわの檜原《ひばら》の木《こ》のまよりひれふる花《はな》や神《かみ》の八処女《やをとめ》

他出／夫木一四〇三

林葉和歌集《りんようわかしゅう》

成立年　一一七八年（治承二年）
撰　者（編者）　未詳
歌　数　一〇〇八首
■平安末期の歌僧、俊恵（一一一三〜一一九一年）の家集。俊恵は源俊頼の子。東大寺の僧。鴨長明の師

［巻第三・秋歌］四七七……………歌僧俊恵《かそうしゅんゑ》

社頭月《しやとうのつき》

みわの山《やま》すぎのまにまにもる月《つき》は乱《みだ》れてちれる幣《ぬさ》かとぞ見《み》る

重家集《しげいえしゅう》

成立年　未詳
撰　者（編者）　藤原重家
歌　数　六一七首
■藤原重家（一一二八〜一一八〇年）は藤原顕輔の子、清輔の弟、有家の父

［春歌］三二四……………藤原重家《ふぢはらのしげいへ》

神《かみ》にいのるこひ

御幣《みぬさ》とりけふ祈《ね》ぎかくるわが恋《こひ》にしるしあらせよ三輪《みわ》の祝子《はふりこ》

教長集《のりながしゅう》

成立年　未詳
撰　者（編者）　未詳
歌　数　九七九首
■貧道集ともいう。藤原教長（一一〇九?～一一七八年?）は大納言忠教の次男

［春歌］七……………藤原教長《ふぢはらののりなが》

立春歌《りつしゆんにうたふ》

あふさかのせきのすぎはらかすみたつ春《はる》のしるしは三輪《みわ》もたづねし

長秋詠藻《ちょうしゅうえいそう》

成立年　未詳
撰　者（編者）　藤原俊成ほか
歌　数　六五二首
■六家集の一つ。俊成（一一一四～一二〇四年）は俊忠の三男で、母は伊予守敦家女。定家の父。御子左家の基を築く。「千載集」撰。『古来風躰抄』著

［巻上・俊成入道集］八二…………藤原俊成《ふぢはらのとしなり》

雑歌《ざふか》廿首《にじつしゅ》　神祇《じんぎ》二首《にしゅ》

おもふこと三《み》わの社《やしろ》に祈《いの》りみん杉《すぎ》はたづぬるしるしのみかは

他出／夫木一六一五五

秋篠月清集《あきしのげっせいしゅう》

成立年　一二〇四年（元久元年）頃
撰　者（編者）　藤原良経
歌　数　一六一一首
■藤原良経（一一六九～一二〇六年）は月輪関白九条兼実の次男。新古今集仮名序の作者。六家集の一つ

［西洞隠士百首］六七七……………藤原良経《ふぢはらのよしつね》

冬廿首《ふゆにじつしゅ》

しもやたびおきにけらしもかみがきやみむろのやまにとれるさかきば

［院第二度百首・千五百番］八六三……………藤原良経《ふぢはらのよしつね》

冬十五首《ふゆじふごしゅ》

みむろやまみねのひばらのつれなきをしをるあらしにあられふるなり

他出／夫木一三九二六

拾玉集《しゅうぎょくしゅう》

成立年　一三四六年（貞和二年）
撰者（編者）　尊円入道親王
歌数　五八〇三首
■六家集の一つ。慈円（一一五五～一二二五年）は天台宗の僧。諡号慈鎮。関白藤原忠通と、藤原仲光女の子。九条兼実の弟。著作『愚管抄』は日本最初の歴史哲学書とされる

[巻第一] 二〇二……慈円《じゑん》

百首《ひやくしゅ》　堀川院題《ほりかはゐんだい》　春二十首《はるにじっしゅ》　霞《かすみ》

春霞《はるがすみ》しるしの杉《すぎ》をこめつればそことも見《み》えずみわの山《やま》もと

[巻第一] 七二三……読人不知《よみびとしらず》

楚忽第一百首《そこつだいいちひやくしゅ》　夏《なつ》　卯花《うのはな》

みわの山《やま》身《み》をうの花《はな》のかきしめて世《よ》をすさみたるしるしともせず

他出／夫木二四二九

[巻第一] 九三七……慈円《じゑん》

一日百首《いちじつひやくしゆ》　十題《じふだい》但《ただし》二《に》時《じ》一点《いつてん》の間詠之《まにこれをよむ》　雪《ゆき》

みわの山《やま》いづくにこよひやどらまししるしをうずむ雪《ゆき》のゆふ暮《ぐれ》

［巻第二］一一〇九……慈円《じゑん》

勒句《ろくく》百首《ひやくしゆ》　一時之間詠之《いちじのまにこれをよむ》　春三十首《はるさんじつしゆ》

雪《ゆき》きえぬみわの山《やま》べにたづねきて春《はる》のしるしにまどひぬるかな

［巻第二］一八〇三……北山樵客《ほくさんせうかく》

百番歌合《ひやくばんうたあはせ》　冬《ふゆ》　左南海漁夫《ひだりなんかいぎよふ》　右《みぎ》北山樵客　四十九番《しじふくばん》　右《みぎ》

めづらしき千《ち》とせの春《はる》のしるしにはみわの里《さと》にも松《まつ》やきるらむ

他出／夫木一一二九

[巻第二]　二〇〇九……老僧《らうそう》

詠百首倭歌《えいひやくしゆわか》　法楽日吉社無題《ほふらくひえしやむだい》

むかしきく三輪《みわ》の光《ひかり》に春霞《はるがすみ》たなびくすゑは比叡《ひえ》の山本《やまもと》

[巻第二]　二一八五……艮山老僧慈円《こんざんらうそうじゑん》

詠百首倭歌《えいひやくしゆわか》　今以廿五首題各寄四季之心《いまにじふごしゆのだいをもつておのおのしきのこころによす》　神祇春夏秋冬《じんぎしゆんかしうとう》　艮山老僧慈円

みむろ山冬《やまふゆ》の山《やま》もと神《かみ》さびて庭《には》の木《こ》のはに峰《みね》のまつ風《かぜ》

他出／夫木一四八八九

[巻第二]　二五七二……慈円《じゑん》

鹿十首《しかじつしゆ》

いその神《かみ》ふるののをざさふみしだき鹿《しか》こそはなけみわの山本《やまもと》

[巻第三]　三一二九……慈円《じゑん》

秀歌百首草《しうかひやくしゆさう》　冬十五首《ふゆじふごしゆ》

ささしげきあられふる野《の》にいつか又《また》ひばらの雪《ゆき》をみわの山《やま》もと

[巻第三]　三四八五 ………… 慈円《じゑん》

詠百首和歌《えいひやくしゆわか》　以古今爲其題目《こきんをもつてそのだいもくとなす》　春二十首《はるにじつしゆ》

みわの山《やま》をしかもかくすか春霞《はるがすみ》人《ひと》にしられぬはなやさくらむ

人《ひと》しれぬ花《はな》を霞《かすみ》にたづぬればおのれよそなる三《み》わの山杉《やますぎ》

[巻第三]　三五九六 ………… 慈円《じゑん》

詠百首和歌《えいひやくしゆわか》　夏十五首《なつじふごしゆ》

五月雨《さみだれ》のふるののをざさみがくれて雲《くも》に空《そら》なきみわの山《やま》もと

他出／夫木一三三〇二

[巻第三]　三七〇八……神主康業《かんぬしやすなり》（慈円《じゑん》）

詠百首和歌《えいひやくしゆわか》　紅葉《もみじ》

色《いろ》ふかきまつまのもみぢたづねきて秋《あき》のしるしをみわの山本《やまもと》

他出／夫木六一一三

[巻第三]　三七二三……慈円《じゑん》

神祇《じんぎ》

わが国《くに》をまもるは神《かみ》のしるしかなをひえの杉《すぎ》やみわの山本《やまもと》

[巻第三]　三八二六……能季《よしすゑ》

詠百首和歌《えいひやくしゆわか》　恋二十五首《こひにじふごしゆ》　寄名所《めいしよによす》

たづぬべきしるしだになき恋《こひ》ぢにはきくもなつかしみわの山本《やまもと》

[巻第四]　三九七〇……慈円《じゑん》

大納言殿密密会《だいなごんどのみつみつゑ》の時尋玄《ときじんげん》にかはりて雪《ゆき》の十首《じつしゆ》　社頭雪《しやとうのゆき》

木《こ》ずゑまでひとつにうづむ雪《ゆき》よりもしるしにまどふみわの山本《やまもと》

[巻第四]　四二八四……慈円《じゑん》

短冊《たんざく》　立春《りつしゆん》

みわの山杉《やますぎ》の木《こ》ずゑをこめつれば霞《かすみ》ぞ春《はる》のしるしなりける

[巻第四]　四三一〇……慈円《じゑん》

野径夕立《のみちのゆふだち》

ゆふだちや雨《あめ》もふるののすゑにみていそぐたのみはみわの杉《すぎ》むら

[巻第四]　四六二二……北山隠士《ほくざんいんし》

詠三十首和歌《えいさんじつしゆわか》　早春霞《そうしゆんのかすみ》

はるのきる霞《かすみ》の衣《ころも》たちそめてまちしもしるしみわの山本《やまもと》

［巻第四］　四八五三……………老僧《らうそう》

貞応元年《ぢやうおうぐわんねん》七月《ふつき》五日朝《いつかあした》、すずろに詠之《これをよめる》

朝霞《あさがすみ》みわの神《かみ》すぎたちこめておのれぞ春《はる》のしるしなりける

［巻第四］　四九七九……………阿闍梨覚真《あじやりかくしん》

往生伝和歌《わうじやうでんわか》　下品中《げぼんちゆう》

みわの山《やま》の杉《すぎ》ならなくにしられけりにしてふかどのゆめのしるしは

［巻第四］　五〇二五……………尺恵近《しやくゑこん》

述懐《じゆつくわい》

杉《すぎ》たてるみわの梢《こずゑ》に風《かぜ》さえてあられたばしるゐなのささ原《はら》

［巻第五］　五三七九……………定家少将《さだいへのせうしやう》

おなじ秋《あき》のくれに　返事《かへりごと》に

くれの秋《あき》をかぞへてしるはかひもなししるし有《あ》りけり三《み》わのはつ霜《しも》

壬《み》二《に》集《しゆう》

成立年　未詳
撰　者（編者）　九条基家
歌　数　三二〇一首

■六家集の一つ。別名「玉吟集」。藤原家隆（一一五八〜一二三七年）の家集。正二位権中納言光隆の子。壬生二品《みぶにほん》と称された。「新古今和歌集」撰者の一人

[巻上] 四二三……藤原家隆《ふぢはらのいへたか》

院百首《ゐんひやくしゆ》　夏《なつ》

たづねてもいかに待《ま》ちみんほととぎすみわの山《やま》べの夕暮《ゆふぐれ》の空《そら》

[巻上] 六二二……藤原家隆《ふぢはらのいへたか》

光明峰寺《くわうみやうぶじ》入道《にふだう》摂政家《せつしやうけ》百首《ひやくしゆ》　春《はる》　山五月雨《やまのさみだれ》

みわの山杉《やますぎ》の梢《こずゑ》の五月雨《さみだれ》にまちみぬ人《ひと》もなほまたれけり

［巻上］六七二　藤原家隆《ふぢはらのいへたか》

光明峰寺入道摂政家百首《くわうみやうぶじにふだうせつしやうけひやくしゆ》　恋《こひ》　寄名所《めいしよによす》

ちはやぶる神《かみ》のみむろのますかがみかけていくよのかげをこふらむ

他出／万代二六九二・新千載八九二

［巻上］七〇五……藤原家隆《ふぢはらのいへたか》

順徳院名所百首《じゆんとくゐんめいしよひやくしゆ》　春《はる》　三輪山《みわやま》

みわの山檜原《やまひばら》の雪《ゆき》の去年《きぞ》降《ふ》りてかざしをりける跡《あと》はみえけり

［巻上］八九一……藤原家隆《ふぢはらのいへたか》

院百首《ゐんひやくしゆ》　雑《ざふ》

たつた姫《ひめ》みわの檜原《ひばら》のしら露《つゆ》にをるやかざしの玉《たま》ぞみだるる

他出／夫木一三九二八

［巻上］一六〇一……藤原家隆《ふぢはらのいへたか》

九条前内大臣家百首《くでうさきのないだいじんけひやくしゆ》　冬十五首《ふゆじふごしゆ》　杉路霜《すぎのみちのしも》

三輪《みわ》の山杉《やますぎ》の夕霜《ゆふしも》かき分《わ》けていかにまちみる人《ひと》をたづねん

［巻上］一八四三……藤原家隆《ふぢはらのいへたか》

最勝四大王院御障子和歌《さいしようしだいわうゐんごしやうじわか》　三輪山《みわやま》

すぎがてにをりはへてなけかざしをる三輪《みわ》のひばらの山時鳥《やまほととぎす》

［巻下］二二七四……藤原家隆《ふぢはらのいへたか》

夏《なつ》　五月雨歌《さみだれうた》よみ侍《はべ》りしに

かざしをる人《ひと》もかよはず成《な》りにけり三輪《みわ》のひばらの五月雨《さみだれ》の空《そら》

［巻下］二四一七……………藤原家隆《ふぢはらのいへたか》

秋部《あきのぶ》　秋鹿《あきのしか》

しのび侘《わ》び思《おも》ひやかくる神《かみ》なみのみ室《むろ》の山《やま》に鹿《しか》ぞ鳴《な》くなる

［巻下］二九四七……………藤原家隆《ふぢはらのいへたか》

祝部《いはひのぶ》　祝歌《いはひうた》とて

しきしまやみわの檜原《ひばら》も万代《よろづよ》の君《きみ》がかざしとをりやそめけん

他出／夫木一五四五七

［巻下］二九八九……………藤原家隆《ふぢはらのいへたか》

雑部《ざふのぶ》　雑歌《ざふのうた》よみける中《うち》に

三輪《みわ》の山杉《やますぎ》の梢《こずゑ》にふく嵐神代《あらしかみよ》もしらぬ月《つき》ぞ冴行《さえゆ》く

［巻下］三〇一一……………藤原家隆《ふぢはらのいへたか》

雑部《ざふのぶ》　山家《やまが》の心《こころ》を

都人《みやこびと》けふはとふやとまたれしも絶《た》えて過行《すぎゆ》くみわの山本《やまもと》

月詣和歌集《つきもうでわかしゅう》

成立年　一一八二年（寿永元年）
撰　者（編者）　賀茂重保
歌　数　一〇七六首
■祐盛法師の助力を得て成立したといわれている。賀茂別雷社に奉納

［巻第一・正月・附賀］一九……………藤原隆房朝臣《ふぢはらのたかふさあそん》

遠山霞《とほやまがすみ》といへるこころをよめる

みわたせばそことしるしの杉《すぎ》もなし霞《かすみ》のうちやみわの山《やま》もと

千載和歌集《せんざいわかしゅう》

成立年　一一八八年（文治四年）
撰者（編者）　藤原俊成
歌数　一二八八首
■二〇巻。私撰集を母体として編まれた。藤原俊成が後白河法皇の命を受け奏覧に供す

［巻第一・春歌上］二……中納言国信《ちゆうなごんくにざね》

みむろ山《やま》たににや春《はる》のたちぬらむ雪《ゆき》のした水《みづ》いはたたくなり

［巻第一・春歌上］一〇……刑部卿頼輔《ぎやうぶきやうよりすけ》

霞《かすみ》のうたとてよめる
春《はる》くればすぎのしるしもみえぬかな霞《かすみ》ぞたてるみわの山《やま》もと

［巻第一・春歌上］一一……左兵衛督隆房《さひやうゑのかみたかふさ》

みわたせばそことしるしの杉《すぎ》もなし霞《かすみ》のうちやみわの山《やま》もと

［巻第一・春歌上］五八……藤原清輔朝臣《ふぢはらのきよすけあそん》

神《かみ》がきのみむろの山《やま》は春《はる》きてぞ花《はな》のしらゆふかけてみえける

他出／夫木一四七五

［巻第五・秋歌下］三〇七……二条太皇大后宮肥後《にでうたいくわうたいごうぐうのひご》

堀川院御時《ほりかわゐんのおほんとき》、百首歌《ひやくしゆうた》たてまつりける時《とき》、よめる

みむろやまおろすあらしのさびしきにつまよぶしかの声《こゑ》たぐふなり

［巻第一三・恋歌下］七九四……藤原時昌《ふじはらのときまさ》

法性寺入道内大臣《ほつしやうじにふだうないだいじん》に侍《はべ》りける時《とき》の歌合《うたあはせ》に、たづねうしなふ恋《こひ》といへるこころをよめる

なほざりにみわの杉《すぎ》とはをしへおきてたづぬる時《とき》はあはぬ君《きみ》かな

［巻第一七■雑歌中］一一三一……花薗左大臣家小大進《はなぞののさだいじんけのこだいしん》

あすしらぬみむろのきしのねなし草《ぐさ》なにあだし世《よ》におひはじめけん

［巻第二〇■神祇歌］一二六九……僧都範玄《そうづはんげん》

三輪社《みわのやしろ》にてかすみをよめる

杉《すぎ》が枝《え》をかすみこむれどみわの山神《やまかみ》のしるしはかくれざりけり

玄《げん》玉《ぎょく》和《わ》歌《か》集《しゅう》

成立年　一一九一～一一九二年（建久二～三年）
撰者（編者）　未詳
歌数　七三三首
■序によると、原型は一二巻であったが現存伝本は七巻までしかない

［巻第一・四十三首・神祇歌］二四……殷富門院大輔《いんぷもんゐんのたいふ》

三輪《みわ》のみやの歌合《うたあはせ》とて、人人《ひとびと》に歌《うた》よませ侍《はべ》りける時《とき》、はるの歌とてよめる

敷島《しきしま》やみわの山《やま》もとほのぼのとかすむは春《はる》や尋《たづ》ねきぬらん

［巻第五・六十四首・時節歌下］四四六……三位中将公衡《さんみのちゅうじゃうきんひら》

同《おな》じ心《こころ》をよませ給《たまひ》ける

神《かみ》な月《づき》冬《ふゆ》のしるしや是《これ》ならんみわの山《やま》ごえうち時雨《しぐれ》れつつ

新《しん》古《こ》今《きん》和《わ》歌《か》集《しゅう》

成立年　一二〇五年（元久二年）
撰者（編者）　源通具・藤原有家・藤原定家・藤原家隆・藤原雅経・寂蓮
歌数　一九七八首
■二〇巻。後鳥羽院みずからによる精選。寂蓮は奏覧以前に没

［巻第四■秋歌上］二八五……中納言家持《ちゅうなごんやかもち》

題知《だいし》らず

神《かみ》なびのみむろの山《やま》のくずかづらうらふきかへす秋《あき》はきにけり

他出／続古今二八五・家持八九

［巻第五■秋歌下］五二五……八条院高倉《はちでうゐんのたかくら》

秋《あき》のうたとてよめる

神《かみ》なびのみむろのこずゑいかならむなべて野山《のやま》も時雨《しぐれ》する比《ころ》

［巻第一〇■羇旅歌］九六六……禅性法師《ぜんしやうほふし》

はつせ山《やま》ゆふこえくれてやどとへば三輪《みわ》の檜原《ひばら》に秋風《あきかぜ》ぞふく

[巻第一四・恋歌四] 一三二七……前大僧正《さきのだいそうじやう》慈円《じゑん》

摂政《せつしやう》太政大臣《だじやうだいじん》家《け》百首《ひやくしゆう》歌合《うたあはせ》に尋恋《たづぬるこひ》

心《こころ》こそゆくへもしらねみわの山《やま》すぎのこずゑのゆふぐれのそら

[巻第一七・雑歌中] 一六四四……殷富門院大輔《いんぷもんゐんのたいふ》

かざしをる三輪《みわ》のしげ山《やま》かきわけてあはれとぞおもふ杉《すぎ》たてる門《かど》

新勅撰和歌集《しんちょくせんわかしゅう》

成立年　一二三五年（文暦二年）
撰者（編者）　藤原定家
歌数　一三七四首
■二〇巻。伝本に奥書はないが、定家自筆本の臨写と認められている。歌風は端麗

［巻第五・秋歌下］二八九……左近中将伊平《さこんのちゅうじゃうこれひら》

みむろ山《やま》した草《くさ》かけておくつゆにこのまの月《つき》のかげぞうつろふ

［巻第五・秋歌下］三四九……権中納言隆親《ごんちゅうなごんたかちか》

うへのをのこども秋十首歌《あきじっしゅうた》つかうまつりけるに

しぐれけむほどこそ見《み》ゆれかみなびのみむろの山《やま》の峰《みね》のもみぢ葉《ば》

［巻第五・冬歌］三九五……兵部卿成実《ひやうぶきやうしげざね》

百首歌《ひやくしゅうた》よみ侍《はべ》りける冬歌《ふゆうた》

さゆる夜《よ》はふるやあられのたまくしげみむろの山《やま》のあけがたの空《そら》

[巻第六・冬歌]四三四……前関白《さきのくわんぱく》

家歌合《いへうたあはせ》に、暮山雪《ぼざんのゆき》といへる心《こころ》を

くれやすき日《ひ》かずも雪《ゆき》もひさにふるみむろの山《やま》の松《まつ》のしたをれ

[巻第一一・恋歌]六八一……寂蓮法師《じやくれんほふし》

題《だい》しらず

くれなゐのちしほもあかずみむろ山《やま》いろにいづべきことの葉《は》もがな

拾《しゅう》遺《い》愚《ぐ》草《そう》

成立年　一二一六〜一二三三年（建保四〜天福元年）
撰　者（編者）　藤原定家
歌　数　二九八五首
■六家集の一つ。藤原定家（一一六二〜一二四一年）の自撰家集。正編三巻、続編「拾遺愚草員外」一巻。定家は「新古今和歌集」撰者の一人。「新勅撰集」撰。『詠歌大概』『明月記』などを著す

[巻上]一四九…………侍従《じじゅう》
詠百首和歌《えいひやくしゅわか》　秋廿首《あきにじつしゅ》

神《かみ》なびのみむろの山《やま》のいかならむ時雨《しぐれ》もて行《ゆ》く秋《あき》の暮《くれ》かな

[巻上]一八五…………侍従《じじゅう》
詠百首和歌《えいひやくしゅわか》　雑廿首《ざふにじつしゅ》　神祇五首《じんぎごしゅ》

いかならん三輪《みわ》の山《やま》もと年《とし》ふりて過行《すぎゆ》く秋《あき》のくれがたの空《そら》

[巻上]二七三…………侍従《じじゅう》
寄名所恋十首《めいしょによするこひじつしゅ》

いつかこの月日《つきひ》を杉《すぎ》のしるしとて我《わ》がまつ人《ひと》を三輪《みわ》の山《やま》もと

他出／夫木一三三三一

［巻上］一〇九三……………不詳

雑十首《ざふじつしゅ》

いく世《よ》へぬかざしをりけんいにしへに三輪《みわ》の檜原《ひばら》の苔《こけ》の通路《かよひぢ》

［巻上］一二〇五……………参議藤原定家《さんぎふぢはらのさだいへ》

三輪山《みわやま》

いかさまにまつとも誰《だれ》か三輪《みわ》の山人《やまひと》にしられぬ宿《やど》の霞《かすみ》は

［巻上］一二三九……………参議藤原定家《さんぎふぢはらのさだいへ》

三室山《みむろやま》

みむろ山《やま》しぐれもやらぬ雲《くも》の色《いろ》のおのれうつろふ秋《あき》の夕暮《ゆふぐれ》

[巻上] 一四二四……権中納言《ごんちゅうなごん》定家《さだいへ》

五月雨《さみだれ》

三輪《みわ》の山《やま》さ月《つき》の空《そら》のひまなきに檜原《ひばら》のこゑぞ雨《あめ》をそふなる

他出／夫木一三九三五

[巻上] 一五〇〇……権中納言《ごんちゅうなごん》定家《さだいへ》

祝《いはひ》

ひさにふる三室《みむろ》の山《やま》の榊《さかき》ばぞ月日《つきひ》はゆけど色《いろ》もかはらぬ

[巻上・春] 一五〇三……参議《さんぎ》治部卿《ぢぶきやう》兼侍従《けんじじゆう》藤在判《とうざいはん》

霞隔遠樹《かすみゑんじゆをへだつ》

三輪《みわ》の山先《やままづ》さとかすむはつせ川《がは》いかにあひみん二《ふた》もとの杉《すぎ》

[巻中] 一七四五……左近衛権少将藤原定家《さこんゑごんのせうしやうふぢはらのさだいへ》

夏七首《なつななしゅ》

ゆふだちのすぎのしたかげ風《かぜ》そよぎ夏《なつ》をばよそにみわの山本《やまもと》

［巻中］一九二〇……正四位下行左近衛権中将《しやうしいげぎやうさこんゑごんのちゆうじやう》　藤原朝臣定家《ふぢはらのあそんさだいへ》

三輪山《みわやま》

けふこずはみわのひばらの時鳥《ほととぎす》ゆくてのこゑをたれかきかまし

［巻中・雑］二〇二〇……民部卿藤原定家《みんぶきやうふぢはらのさだいへ》

夏七首《なつななしゅ》　社卯花《やしろのうのはな》

みぬさとるみわのはふりやうゑおきし夕《ゆふ》しでしろくかかる卯花《うのはな》

［巻下・部類歌・秋］二二四六……不詳

山嵐《やまあらし》

あきの嵐一葉《あらしひとは》もをしめみむろ山《やま》ゆるす時雨《しぐれ》の染《そ》めつくすまで

［巻下・部類歌・恋］二五七五……………不詳

恋五首《こひごしゆ》　かたおもひ

神《かみ》なびのみむろの山《やま》の山風《やまかぜ》のつてにもとはぬ人《ひと》ぞ恋《こひ》しき

［巻下・部類歌・雑］二七四二……………不詳

御室《みむろ》にて三首《さんしゆ》、寄山朝《やまのあしたによす》

今朝《けさ》ぞこの山《やま》のかひあるみむろ山《やま》たえせぬ道《みち》の跡《あと》を尋《たづ》ねて

［巻下・部類歌］二九二四……………不詳

夕神楽《ゆふかぐら》

神《かみ》がきやけふの空《そら》さへゆふかけてみむろの山《やま》のさか木《き》ばのこゑ

他出／夫木六〇一一

拾遺愚草員外《しゅういぐそういんがい》

成立年　一二三三年（天福元年）以降
撰者（編者）　藤原定家
歌数　七七〇首
■正編三巻の後に編まれた「拾遺愚草員外雑歌」一巻は、言語遊戯的な歌を収める

［雑歌］八一……藤原定家《ふぢはらのさだいへ》

恋《こひ》

うつろはむ色《いろ》をかぎりにみむろ山時雨《やましぐれ》もしらぬ世《よ》をたのむかな

［雑歌・冬］六七三……藤原定家《ふぢはらのさだいへ》

みわの山《やま》かすみを春《はる》のしるしとてそこともみえぬ杉《すぎ》のむら立《だち》

新《しん》撰《せん》和《わ》歌《か》六《ろく》帖《じょう》

成立年　一二四三～一二四四年（寛元元～二年）
撰者（編者）　藤原家良・藤原為家・藤原知家・藤原信実・葉室光俊
歌数　二六三五首
■正式名称「新撰六帖題和歌」。家良・為家・知家・信実・光俊がそれぞれ詠じた六帖題和歌を歌題ごとに部類配列して素稿本に各歌人が改作、合点が加えられ完成した

［第一帖］七七……藤原為家《ふぢはらのためいへ》

神《かみ》まつり

神《かみ》まつるう月《つき》になればゆふかけてみむろのさかきなべてさすなり

［第五帖］一三五五……藤原光俊《ふぢはらのみつとし》

しめ

みわ山《やま》の杉《すぎ》のふる木《き》のみしめなはかけきや人《ひと》をつれなかれとは

［第六帖］二三二五……藤原光俊《ふぢはらのみつとし》

かへ

ちはやぶるみむろの山《やま》のかへの木《き》の葉《は》がへぬ色《いろ》はきみがためかも

他出／夫木一三八五四

［第六帖］二六一五……藤原光俊《ふぢはらのみつとし》

はこどり

明《あ》けわたるみむろの山《やま》のはこどりはふたふたところそとびあがるなれ

他出／夫木一二九〇九

万代和歌集《まんだいわかしゅう》

成立年　一二四八年（宝治二年）
撰　者（編者）　藤原家良と言われる
歌　数　三八二六首
■私撰集。万葉集から当代までの勅撰集にもれた歌を収める

［巻第一・春歌上］二九 ……………… 源仲正《みなもとのなかまさ》

みわの山《やま》ふもとめぐりのよこがすみしるしのすぎのうれなかくしそ

他出／夫木五二七

［巻第一・春歌上］三〇 ……………… 藤原隆信朝臣《ふぢはらのたかのぶあそん》

土御門内大臣家《つちみかどのないだいじんけ》にて、野霞《ののかすみ》といふことを

あさみどりかすみにけりないそのかみふる野《の》に見《み》えしみわの神《かみ》すぎ

［巻第一・春歌上］一四三 ……………… 入道前摂政左大臣《にふだうさきのせつしやうさだいじん》

承久二年内裏《じようきうにねんだいり》にて、春山月《はるやまのつき》といふことを

みむろやまはるのかけたるしらゆふは月《つき》にうつろふかすみなりけり

他出／夫木四九九

［巻第三・夏歌］五六九 ……後久我太政大臣《ごこがだじやうだいじん》

最勝四天王院障子《さいしようしてんのうゐんしやうじ》に、三輪山《みわやま》を

ほととぎすみわの神《かみ》すぎすぎやらでとふべきものとたれをまつらん

他出／続古今二〇三

［巻第三・夏歌］七七一 ……法印宗円《ほふいんそうゑん》

市夕立《いちのゆふだち》といふことを

かきくらしおもひもあへぬゆふだちにいち人《びと》さわぐみわの山《やま》もと

［巻第五・秋歌下］一一九六 ……前大僧正道慶《さきのだいそうじやうだうけい》

をしねほすみわのやまだにかりなきてゆふひしぐるるすぎのむらだち

他出／夫木四九七五・新続古五二五

［巻第五・秋歌下］一二〇二……前大納言基良《さきのだいなごんもとよし》

いとはやももみぢにけりな神《かみ》なびのもりのしぐれもそめあへぬまに

他出／続後拾遺三八〇

［巻第五・秋歌下］一二〇三……参議資季《さんぎすけすゑ》

まくずはらうらふきかへすあきかぜにみむろのやまはあきのくれかも

他出／新続古五九四

［巻第五・秋歌下］一二三六……法印道意《ほふいんだうい》

しぐれつつもみぢちる見《み》ゆ神《かみ》なびのみむろのやまはあきのくれかも

［巻第六・冬歌］一三五一……大宮前太政大臣《おほみやさきのだじやうだいじん》

おくしもにあらそひかねてかみなびのみむろのやまはこのはちるらし

［巻第七■神祇歌］一五五七…………藤原盛方朝臣《ふぢはらのもりかたあそん》

みぬさとるみわのはふりにことはむいくよかへぬるいはふすぎむら

他出／夫木一三九二三

［巻第七■神祇歌］一六二四…………前中納言定家《さきのちゆうなごんさだいへ》

洞院摂政家百首《とうゐんせつしやうけひやくしゆ》に

ひさにふるみむろのやまのさかきばぞ月《つき》ひゆけどもいろもかはらぬ

［巻第九■恋歌二］一七八三…………太皇太后宮権大夫経忠《たいくわうたいこうぐうごんのたいふつねただ》

中納言家成《ちゆうなごんいへなり》の家歌合《いへうたあはせ》に

みむろやまたにのしたみづよとともにいはまほしくてとしをふるかな

[巻第九▪恋歌二] 一八一七……正三位経家《しやうさんみつねいへ》

正治《しやうぢ》の百首《ひやくしゆ》に

よそながらみむろのやまの石根菅《いはねすげ》いはねばいとどくるしかりけり

[巻第九▪恋歌二] 一九〇五……土御門院御製《つちみかどゐんぎよせい》

みむろ木《き》の神《かみ》なびやまの百枝《ももえ》よりしげきおもひのいろにいでぬる

他出／夫木八三五九

[巻第二〇▪賀歌] 三七九五……智静大僧正《ちじやうだいそうじやう》

大僧正覚慶《だいそうじやうかくけい》の八十賀《やそぢのが》し侍《はべ》りけるとき、よみける

ひめこまつみむろのきしにひきつれてちとせをいのるけふのたふとさ

他出／夫木一二三七二

続後撰和歌集《しょくごせんわかしゅう》

成立年　一二五一年（建長三年）
撰　者（編者）　藤原為家
歌　数　一三七一首
■二〇巻。第一〇代の勅撰和歌集。撰者自身の歌は一一首入集。花実相応の集と評される

[巻第四・夏歌]　一六八……右近大将公相《うこんのたいしやうきんすけ》

百首歌《ひやくしゆうた》たてまつりし時《とき》、首夏《しゆか》

たちかはるけふは卯月《うづき》のはじめとや神《かみ》のみむろにさかきとるらん

[巻第四]　一六九……藤原行家朝臣《ふぢはらのゆきいへあそん》

夏歌《なつうた》

さかきばにうづきのみしめ引《ひ》きかけてみむろの山《やま》は神《かみ》まつるなり

[巻第六]　三五八……藻壁門院少将《さうへきもんゐんのせうしやう》

秋歌中《あきうたのなか》

とふ人《ひと》のあらじと思《も》ふをみわの山《やま》いかにすむらんあきのよのつき

［巻第八］五一一……………藤原信実朝臣《ふぢはらののぶざねあそん》

冬歌《ふゆうた》　西園寺入道前太政大臣家卅首歌《さいをんじにふだうさきのだじやうだいじんけさんじつしゆか》の中《うち》に

したをれのおとのみすぎのしるしにて雪《ゆき》のそこなるみわの山《やま》もと

［巻第八］五一二……………中納言資季《ちゆうなごんすけすゑ》

雪《ゆき》の歌《うた》とて

ちはやぶるみわの神《かみ》すぎ今更《いまさら》に雪《ゆき》ふみわけてたれかとふべき

［巻第九・神祇歌］五六二……………前大納言為家《さきのだいなごんためいへ》

三輪《みわ》のやしろにまうでてかきつけ侍《はべ》りし

みしめ引《ひ》くみわのすぎむらふりにけりこれや神代《かみよ》のしるしなるらん

［巻第九・神祇歌］五六六……権大納言《ごんだいなごん》実雄《さねを》

百首歌《ひやくしゆうた》たてまつりし時《とき》、寄社祝《やしろによするいはひ》

神《かみ》がきやみむろのさか木《き》ゆふかけていのるやちよもわがきみのため

続古今和歌集《しよくこきんわかしゆう》

成立年　一二六五年（文永二年）

撰者（編者）　藤原為家・藤原基家・藤原家良・藤原行家・藤原光俊

歌数　一九一五首

■二〇巻。第一一番の勅撰集。歴代天皇の作品を御製でなく御歌と記している。家良は奏覧以前に没

［巻第一・春歌上］三八……入道前太政大臣《にふだうさきのだじやうだいじん》

建保四年《けんぽうよねん》たてまつりける百首《ひやくしゆ》の春歌《はるうた》

かざしをるみわのひばらのゆふがすみむかしやとほくへだてきぬらん

「巻第一■春歌上」三九……藤原隆信《ふぢはらのたかのぶ》朝臣《あそん》

土御門内大臣家《つちみかどのないだいじんけ》にて、野霞《ののかすみ》を

あさみどりかすみにけりないそのかみふるのにみえしみわのかみすぎ

「巻第五■秋歌下」五二五……八条院高倉《はちでうゐんのたかくら》

神《かみ》なびのみむろのこずゑいかならんなべて野山《のやま》も時雨《しぐれ》する比《ころ》

「巻第五■秋歌下」五二八……藤原則俊《ふぢはらののりとし》

いろかへぬみわの神《かみ》すぎしぐれつるしるしはよそのもみぢなりけり

「巻第六■冬歌」五五四……後鳥羽院《ごとばゐん》御歌《おうた》

百首歌《ひやくしゆうた》人人《ひとびと》にめしける時《とき》

みむろ山《やま》しぐれこきたれふく風《かぜ》にぬれながらちるみねのもみぢば

［巻第六・冬歌］六五八……新院弁内侍《しんゐんのべんのないし》

とふ人《ひと》もえやはまちみんみわのやまゆきにはみちのあらじとおもへば

［巻第八・釈教歌］八〇一……僧都玄賓《そうづげんぴん》

題不知《だいしらず》

みわがはのきよきながれにすすぎてしわがなをここにまたやけがさん

［巻第一九・雑歌下］一七四五……惟明親王《これあきしんのう》

題《だい》しらず

ふりにけるみわのひばらにこととはんいくよの人《ひと》かかざしをりけむ

続《しょく》拾《しゅう》遺《い》和《わ》歌《か》集《しゅう》

成立年　一二七八年（弘安元年）
撰　者（編者）　藤原為氏
歌数　一四五九首
■二〇巻。篝を詠んだ歌が多数入集しているところから「鵜舟集」の異名あり

［巻第五・秋歌］三六〇……前右兵衛督為教《さきのうひやうゑのかみためのり》

建長《けんちやう》二《に》年《ねん》九月《ながつき》詩歌《しいか》歌《うた》あはせに、山中秋興《さんちゆうのしうきよう》

みむろ山秋《やまあき》のこのはのいくかへりした草《くさ》かけて猶《なほ》しぐるらん

［巻第六・冬歌］三七九……院弁内侍《ゐんのべんのないし》

ふゆのくる神《かみ》なび山《やま》のむら時雨《しぐれ》ふらばともにとちるこのはかな

［巻第六・冬歌］四〇六……順徳院御製《じゆんとくゐんぎよせい》

題《だい》しらず

みむろ山秋《やまあき》の時雨《しぐれ》にそめかへて霜《しも》がれのこる木木《きぎ》の下草《したくさ》

［巻第六■冬歌］四三一 ……… 権僧正実伊《ごんのそうじやうさねこれ》

中務卿宗尊親王家《なかつかさきやうむねたかしんのうけ》の百首歌《ひやくしゆうた》に

あられふる三輪《みわ》のひ原《ばら》の山《やま》かぜにかざしの玉《たま》のかつ乱《みだ》れつつ

［巻第六■冬歌］四四五 ……… 左近中将公衡《さこんのちゆうじやうきんひら》

西行法師《さいぎやうほふし》すすめ侍《はべ》りける百首歌《ひやくしゆうた》に

みわの山夜《やまよ》のまの雪《ゆき》にうづもれて下葉《したば》ぞ杉《すぎ》のしるしなりける

［巻第八■雑・秋歌］六二八 ……… 従三位為継《じゆさんみためつぐ》

宝治百首歌《ほうぢひやくしゆうた》たてまつりける時《とき》、初冬時雨《しよとうのしぐれ》といふことを

冬《ふゆ》のくるあらしをさむみ神《かみ》なびのみ室《むろ》の山《やま》やまづ時雨《しぐ》るらむ

［巻第八■雑・秋歌］六二九…………藤原重名《ふぢはらのしげな》朝臣《あそん》

題《だい》しらず

かねてだに木《こ》の葉《は》しぐれし神《かみ》なびのみむろの山《やま》に冬《ふゆ》はきにけり

［巻第二〇■神祇歌］一四五六…………右兵衛督基氏《うひやうゑのかみもとうぢ》

ちはやぶる神《かみ》のみむろにひくしめの万代《よろづよ》かけていはふさかき葉《ば》

新《しん》後《ご》撰《せん》和《わ》歌《か》集《しゆう》

成立年　一三〇三年（嘉元元年）
撰者（編者）　二条為世
歌数　一六〇七首
■二〇巻。第一三番目の勅撰集。後宇多天皇の命により編纂。歌風は概して平明で詞なだらかに、沈潜した平淡美を形成

［巻第六■冬歌］四六七…………順徳院御製《じゆんとくゐんぎよせい》

建保五年内裏歌合《けんぽうごねんだいりうたあはせ》に、冬山霜《ふゆやまのしも》

しきしまやみむろの山《やま》のいはこすげそれとも見《み》えず霜《しも》さゆる比《ころ》

他出／夫木一三五四三

［巻第一〇・神祇歌］七四四……皇太后宮大夫《くわうたいごうぐうのたいふ》俊成《としなり》

久安百首歌《きうあんひやくしゆうた》に

おもふ事《こと》みわのやしろに祈《いの》りみん杉《すぎ》はたづぬるしるしのみかは

［巻第一〇・神祇歌］七六四……鴨祐世《かものすけよ》

神祇《じんぎ》を

色《いろ》かへぬみむろのさか木《き》年《とし》をへておなじときはに世《よ》を祈《いの》るかな

［巻第一三・恋歌三］一〇四五……権大納言《ごんだいなごん》師信《もろのぶ》

いたづらに待《ま》ちみる人《ひと》もなかりけりとひてくやしきみわの山《やま》もと

〔巻第一七・雑歌上〕一二〇七……前中納言定家《さきのちゆうなごんさだいへ》

千五百番歌合《せんごひやくばんうたあはせ》に

いくとせのかざしをりけむいにしへの三《み》わのひばらの苔《こけ》のかよひぢ

夫木和歌抄《ふぼくわかしよう》

成立年　一三一〇年頃（延慶三年）
撰　者（編者）　勝田（勝間田）長清
歌　数　一万七三八七首
■私撰和歌集。万葉集以来の勅撰和歌集に採録されなかったものを収集した、歌人の数九七〇人という巨編

〔巻第一・春部一〕一二八……小侍従《こじじゆう》

正治二年百首《しやうぢにねんひやくしゆ》

三輪《みわ》の山《やま》たづねし杉《すぎ》は年《とし》ふりて春《はる》のしるしに松《まつ》たててけり

〔巻第二・春部二〕三三三……正三位経朝卿《しやうさんみつねともきやう》

建長三年仙洞歌合《けんちやうさんねんせんとううたあはせ》

杉《すぎ》の葉《は》もまだ霜《しも》こほる三輪《みわ》の里《さと》何《なに》をしるしにうぐひすの啼《な》く

[巻第二・春部二] 三四二 ……寂蓮法師《じやくれんほふし》

千五百番歌合《せんごひやくばんうたあはせ》

たれか又《また》春《はる》のしるしと契《ちぎ》りけん三輪《みわ》の山本《やまもと》うぐひすのこゑ

[巻第二・春部二] 五八三 ……大納言《だいなごん》経信卿《つねのぶきやう》

家集《いへのしふ》、野外春雪《やがいのしゆんせつ》

春《はる》もみるみむろのあたりけを寒《さむ》みこやくるすのの雪《ゆき》のむらぎえ

[巻第三・春部三] 七一二 ……寂蓮法師《じやくれんほふし》

仁和寺《にんわじ》教王院《けうわうゐん》にて梅花《ばいくわ》久《ひさに》薫《かをる》といふことを

あたりまで三室《みむろ》の山《やま》はのどかにて松《まつ》かぜかをる宿《やど》の梅《うめ》が枝《え》

［巻第三・春部三］七九五……常盤井《ときはゐ》入道《にふだう》太政大臣《だじやうだいじん》

光台院《くわうだいゐん》入道《にふだう》二品《にほん》親王家《しんのうけ》五十首《ごじつしゆ》、岸柳《きしのやなぎ》

詠《なが》めやるみむろのきしの柳原《やなぎはら》かすみのうへに春風《はるかぜ》ぞふく

同《おなじく》

［巻第三・春部三］七九六……信実朝臣《のぶざねあそん》

青柳《あをやぎ》のかみなび川《がは》の春風《はるかぜ》に三室《みむろ》の岸《きし》をあらふしら浪《なみ》

同《おなじく》

［巻第三・春部三］七九七……前中納言光経卿《さきのちゆうなごんみつつねきやう》

神《かみ》なびのみむろのきしの柳陰《やなぎかげ》みどりもふかき水《みづ》の色《いろ》かな

同《おなじく》

［巻第三・春部三］七九九……如願法師《によぐわんほふし》

神《かみ》なびのみむろのきしの川柳《かはやなぎ》かはらぬ浪《なみ》も春《はる》めきにけり

[巻第三■春部三] 八〇〇……藻壁門院少将《さうへきもんゐんのせうしやう》

百首歌《ひやくしゆうた》

風《かぜ》になびくみむろの岸《きし》の柳陰《やなぎかげ》下行《したゆ》く水《みづ》は色《いろ》ぞのどけき

[巻第四■春部四] 一一四三……従三位範宗卿《じゆさんみのりむねきやう》

建保三年名所百首《けんぽうさんねんめいしよひやくしゆ》

三輪山《みわやま》の檜原《ひばら》にきくはむかしにて春《はる》はさくらぞかざしなりける

[巻第四■春部四] 一四〇一……待賢門院堀河《たいけんもんゐんのほりかは》

久安百首《きうあんひやくしゆ》

三輪《みわ》の山花《やまはな》の盛《さかり》をたづねつつとふ人《ひと》しげき杉《すぎ》たてる門《かど》

[巻第四・春部四] 一四〇二……僧正行意《そうじやうぎやうい》

建保三年名所百首《けんぽうさんねんめいしよひやくしゆ》

敷島《しきしま》やみわの檜原《ひばら》の木《こ》の間《ま》よりまれなる花《はな》をふく嵐《あらし》かな

[巻第四・春部四] 一四七七……民部卿為家卿《みんぶきやうためいへきやう》

嘉禄二年百首《かろくにねんひやくしゆ》

みむろ山谷《やまたに》にや花《はな》のつもるらんおともこほらぬ雪《ゆき》の下水《したみづ》

[巻第四・春部四] 一四七九……後鳥羽院御製《ごとばゐんぎよせい》

御集《ぎよしふ》

みむろ山神《やまかみ》のしらゆふ春《はる》かけてをしめどあだの花《はな》はたまらず

[巻第六・春部六] 二〇七三……衣笠内大臣《きぬがさないだいじん》

弘長元年御百首《こうちやうぐわんねんおんひやくしゆ》

行《ゆ》くみづはかげをぞあらふいはたかきみむろのきしの山吹《やまぶき》の花《はな》

〔巻第九・夏部三〕三七五九…………前中納言為氏卿《さきのちゆうなごんためうぢきやう》

弘安元年百首《こうあんぐわんねんひやくしゆ》

夏《なつ》くるる日数《ひかず》もすぎのしるしにてみわの祝子《はふりこ》みぬ里《さと》ならし

〔巻第一一・秋部二〕四一五九…………読人不知《よみびとしらず》

永久二年太神宮禰宜歌合《えいきうにねんだいじんぐうねぎうたあはせ》、萩《はぎ》

ゆふだすき心《こころ》にかけし神《かみ》なびのみむろのはぎはさきにけるかな

〔巻第一二・秋部三〕四七四九…………順徳院御製《じゆんとくゐんぎよせい》

建保三年内裏十五首歌合《けんぽうさんねんだいりじふごしゆうたあはせ》、秋鹿《あきのしか》

みむろ山《やま》したくさかけてなくしかは声《こゑ》よりしげきあか月《つき》の露《つゆ》

〔巻第一二▪秋部三〕四七五〇……従《じゆ》二《に》位《ゐ》家隆《いへたか》卿《きやう》

同《おなじく》

しのびわびおもひやかくる神《かみ》なびのみむろの山《やま》にしかぞなくなる

〔巻第一二▪秋部三〕四七五一……大納言《だいなごん》通具《みちとも》卿《きやう》

同《おなじく》

むかし見《み》しみわのひばらや秋《あき》くれて峰《みね》にをじかのこゑおくるなり

〔巻第一二▪秋部三〕四七五二……前《さきの》左《さ》兵衛督《ひやうゑのかみ》教定《のりさだ》卿《きやう》

中務《なかつかさ》卿《きやう》親王《しんのう》家《け》五十首《ごじつしゆ》歌合《うたあはせ》

みわの山杉間《やますぎま》も秋《あき》のしるしにてしかもかくれぬつまやこふらん

〔巻第一二▪秋部三〕四七五三……覚盛《かくじやう》法師《ほふし》

三十六人《さんじふろくにん》歌合《うたあはせ》

みわの山《やま》すぎのあを葉《ば》はときはにてあきのしるしにしかぞなくなる

［巻第一三・秋部四］五三六五……参議雅経卿《さんぎまさつねきやう》

千五百番歌合《せんごひやくばんうたあはせ》

たづねても誰《だれ》かはとはん三《み》わの山《やま》きりのまがきに杉《すぎ》たてる門《かど》

［巻第一四・秋部五］五五七二……俊成卿女《しゆんぜいきやうのむすめ》

建保三年名所百首《けんぽうさんねんめいしよひやくしゆ》

みむろ山《やま》ふもとのをばな霜《しも》がれて嵐《あらし》のそこによわるむしのね

［巻第一四・秋部五］五七六八……後鳥羽院御製《ごとばゐんぎよせい》

御集《ぎよしふ》、名所擣衣《めいしよのうちぎ》、雲葉《うんえふ》

さ夜《よ》ごろもぬれても色《いろ》やのこるらんしもながらうつみわのさと人《びと》

【巻第一四・秋部五】五八三五……後鳥羽院御製《ごとばゐんぎよせい》

千五《せんご》百番歌合《ひやくばんうたあはせ》、判《はんの》御歌《おうた》

みわのさときてもとへかしはるばるとまつもうらめしくずの秋風《あきかぜ》

【巻第一四・秋部五】五八三九……順徳院御製《じゆんとくゐんぎよせい》

建保三年《けんぽうさんねん》名所百首《めいしよひやくしゆ》御歌《おうた》

みむろ山《やま》かみのいがきにはふくずのうらふきかへす秋《あき》のゆふかぜ

他出／夫木八八四二

【巻第一五・秋部六】六〇〇九……前中納言定家卿《さきのちゆうなごんさだいへきやう》

建久三年《けんきうさんねん》九月十三夜《ながつきじふさんや》、左大臣家歌《さだいじんけのうた》

おのれのみ秋《あき》をばよそにみむろ山《やま》いはむすこけにしぐれふれども

【巻第一五・秋部六】六〇三四……大納言経通卿《だいなごんつねみちきやう》

洞院《とうゐん》摂政《せつしやう》家《け》百首《ひやくしゆ》、紅葉《もみぢ》

みむろ山《やま》玉《たま》まつがえにとりかけてたがたむけたるつたのもみぢば

〔巻第一五■秋部六〕六〇三九……藤原為守《ふぢはらのためもり》

秋杉《あきすぎ》を

みわの山《やま》いがきのつたの色《いろ》ならですぎには秋《あき》のしるしをも見ず

〔巻第一五■秋部六〕六二一一……光俊朝臣《みつとしあそん》

洞院《とうゐん》摂政《せつしやう》家《け》百首《ひやくしゆ》、紅葉《もみぢ》

秋《あき》のきるもみぢの衣《ころも》日《ひ》をかさねうつろひまさる三室山《みむろやま》かな

〔巻第一六■冬部一〕六五三四……民部卿《みんぶきやう》為家卿《ためいへきやう》

文永《ぶんえい》八年《はちねん》毎日《まいにち》一首《いつしゆ》、十月《かんなづき》晦日《みそか》

神《かみ》まつる月《つき》をあすとや山人《やまびと》のみむろのさかき今日《けふ》たててけり

［巻第一八・冬部三］七四九一……………隆源法師《りゆうげんほふし》

天仁《てんにん》二《に》年《ねん》十一月《しもつき》顕季卿《あきすゑきやう》家《け》歌合《うたあはせ》、神楽《かぐら》

ゆふてぐらてにとりかざるからかみのみわをよこてにすすめつるかな

［巻第二〇・雑部二］八八四五……………資隆朝臣《すけたかあそん》

永暦元年《えいりやくぐわんねん》八月《はづき》清輔朝臣《きよすけあそん》家《け》歌合《うたあはせ》、桜《さくら》

御室山《みむろやま》うつろふ花《はな》にしめさしつとめんとめじは神《かみ》のまにまに

［巻第二〇・雑部二］八八四六……………衣笠内大臣《きぬがさのないだいじん》

建長八年百首歌合《けんちやうはちねんひやくしゆうたあはせ》

まきもくのみむろの山《やま》もうつろひぬわが時《とき》とふる秋《あき》のしぐれに

［巻第二〇・雑部二］八八五九……………前大納言顕朝卿《さきのだいなごんあきともきやう》

三《み》わ山《やま》、三輪《みわ》、大和《やまと》　建長八年百首歌合《けんちやうはちねんひやくしゆうたあはせ》

旅《たび》ごろもたれに貸《か》さましみむろつき三輪山《みわやま》けさは嵐《あらし》さむしも

［巻第二〇■雑部二］八八六一……鷹司院按察《たかつかさゐんのあぜち》

三《み》わ山《やま》、三《み》輪《わ》、大和《やまと》　雑貨中、現存六《げんそんろく》

杣人《そまびと》のいかに待《ま》ちみん三《み》わのやましげきなげ木《き》をひく世《よ》なりせば

他出／夫木九〇三〇

［巻第二〇■雑部二］八八六二……素性法師《そせいほふし》

三《み》わ山《やま》、三《み》輪《わ》、大和《やまと》　松《まつ》、六帖《ろくでふ》

尋《たづ》ぬれば杉《すぎ》の葉《は》きえて三輪《みわ》の山《やま》すゑこす松《まつ》ぞおひかはりける

［巻第二一■雑部三］九〇二九……禅性法師《ぜんしやうほふし》

みわのそま　喜多院入道二品親王家五十首《きたゐんにふだうにほんしんのうけごじつしゆ》

山《やま》おろしはひばらがくれにひびきてふぶきにまよふ三《み》わのそま人《びと》

[巻第二六・雑部八] 一二二四五 ……… 光俊朝臣《みつとしあそん》

みわの渡《わたり》、未国《みのくに》 建長七年《けんちやうしちねん》顕朝卿《あきともきやう》家千首《けせんしゅ》、渡霞《わたりのかすみ》

おきつ風《かぜ》のどかになれやかすみたつみわのわたりの春《はる》のあけぼの

[巻第二七・動物部] 一三〇一六 ……… 後鳥羽院宮内卿《ごとばゐんのくないきやう》

猿《ましら》 千五百番歌合《せんごひやくばんうたあはせ》

雲《くも》かかるいこまたかねに月落《つきお》ちて三輪《みわ》のひばらにましら鳴《な》くなり

[巻第二九] 一三九二二 ……… 藤原為顕《ふぢはらのためあき》

杉《すぎ》 百首歌《ひやくしゆうた》、祝五百中《いはひごひやくちゆう》

みわ山《やま》の杉《すぎ》のしるしも唐崎《からさき》の松《まつ》のみどりに千代《ちよ》をそへつつ

[巻第二九] 一三九二五 ……… 僧正行意《そうじやうぎやうい》

檜《ひのき》 家集《いへのしふ》、修行《しゆぎやう》の道《みち》にて、雲葉《うんえふ》

かみ山《やま》の岩《いは》ねのひばら苔《こけ》むして木《こ》ずゑもしろくとしふりにけり

［巻第二九］一三九二七…………西園寺《さいをんじ》入道《にふだう》太政大臣《だじやうだいじん》

千《せん》五《ご》百《ひやく》番《ばん》歌合《うたあはせ》

君《きみ》が代《よ》をわがたつ杣《そま》に祈《いの》りおきてひばらすぎはら色《いろ》もかはらじ

［巻第二九］一三九三六…………読人不知《よみびとしらず》

奈良《なら》花林院《くわりんゐん》歌合《うたあはせ》、雪《ゆき》

あしたつる三輪《みわ》のひばらに雪《ゆき》ふかみ宮木《みやぎ》ひくをのかよひぢもなし

［巻第二九］一四一〇七…………読人不知《よみびとしらず》

柴《しば》　永久三年《えいきうさんねん》大神宮《だいじんぐう》禰宜《ねぎ》歌合《うたあはせ》、雪《ゆき》

ふる雪《ゆき》に杉《すぎ》のはならすみわの山大《やまおほ》かたしばの葉《は》もみえぬかな

[巻第三〇・雑] 一四三八六……安嘉門院四条《あんかもんゐんのしでふ》

三《み》わのすぎや　春日社奉納百首《かすがしやほうなふひやくしゆ》　不逢恋《あはざるこひ》

よそながら三《み》わのすぎやのいたまよりつらさあらはにあくる山風《やまかぜ》

[巻第三〇・雑] 一四四四四……従二位頼氏卿《じゆにゐよりうぢきやう》

山家《やまが》　洞院摂政家百首《とうゐんせつしやうけひやくしゆ》、山家《やまが》

見《み》わたせば杉《すぎ》のは青《あを》き門《かど》もなし雪《ゆき》のさかりの三《み》わの山《やま》ざと

[巻第三一・雑] 一四七九七……慈鎮和尚《じちんをしやう》

三《み》わのさと、三輪《みわ》、大和又丹波《やまとまたたんば》　建仁二年五十首《けんにんにねんごじつしゆ》、遠村花《ゑんそんのはな》

みわのさと春《はる》のさかりはいそのかみふるののずゑにかかる白雲《しらくも》

[巻第三一・雑部一三] 一四八六三……寂蓮法師《じやくれんほふし》

三和《みわ》の市《いち》、大和《やまと》　十題百首《じふだいひやくしゆ》

大和《やまと》なる三和《みわ》のいちぢに急《いそ》ぎてもいつまでよにはふるの山《やま》ごえ

[巻第三一・雑部一三]　一四八六四……従二位家隆卿《じゆにゐいへたかきやう》

ききわかむさとすみてなけ時鳥《ほととぎす》すぎ行《ゆ》くみわのいちとよむなり

[巻第三四・雑部一六]　一六〇三九……法印定為《ほふいんぢやうゐ》

大比《おほひ》えの神《かみ》、近江《あふみ》　正安三年《しやうあんさんねん》日吉《ひえ》大社《たいしや》歌合《うたあはせ》

おほひえやいのるしるしを三輪《みわ》の山《やま》かげをしわたる杉《すぎ》のこずゑに

[巻第三四・雑部一六]　一六〇六五……正三位知家卿《しやうさんみともいへきやう》

みむろの神《かみ》、大和《やまと》　宝治二年百首《ほうぢにねんひやくしゆ》、寄社祝《やしろのいはひによす》

よよかけていはふみむろの神《かみ》やつこいやとこしきにいのりまつらん

[巻第三四・雑部一六] 一六〇六六……正三位知家卿《しやうさんみともいへきやう》

みむろの神《かみ》、大和《やまと》　たむけ、現存六《げんそんろく》

みむろ山《やま》とほつ宮《みや》ゐの神《かみ》さびて風《かぜ》のみはなのたむけをぞする

[巻第三四・雑部一六] 一六〇八二……従三位為実卿《じゆさんみためざねきやう》

ひよし、近江《あふみ》　嘉元三年楚忽百首《かげんさんねんそこつひやくしゆ》、日吉七社歌《ひよししちしやうた》

からさきの松《まつ》の木《こ》ずゑにふねのぼせしるしを見《み》せしみわの神《かみ》すぎ

[巻第三四・雑部一六] 一六一五四……源兼昌《みなもとのかねまさ》

みわの社《やしろ》、大和《やまと》　永久四年百首《えいきうよねんひやくしゆ》

つかねつつたてならべたるあしやさはみわの社《やしろ》のしるしなるらん

[巻第三四・雑部一六] 一六一六〇……鎌倉右大臣《かまくらのうだいじん》（実朝《さねとも》）

すぎ社《やしろ》、大和《やまと》　御集《ぎよしふ》

いまつくる三輪《みわ》のはふりがすぎ社《やしろ》すぎにしことはとはずともよし

玉葉和歌集《ぎょくようわかしゅう》

成立年　一三一二～一三一三年（正和元～二年）
撰　者（編者）　京極為兼《きょうごくためかね》
歌　数　二八〇〇首
■二〇巻。二十一代集中最大の歌数。京極派の集として題名から歌人、歌風に至るまで異彩を放つ

［巻第五・秋歌下］七八四……従一位教良《じゅいちゐのりよし》
紅葉歌《もみぢのうた》とて
そめやらぬみむろの山《やま》のうす紅葉《もみぢ》いまいくしほの時雨《しぐれ》まつらん

［巻第五・秋歌下］七八六……僧正実超《そうじやうじつてう》
みむろ山《やま》ふもとの松《まつ》のむらむらにしぐれわけたる秋《あき》の色《いろ》かな

続千載和歌集《しよくせんざいわかしゆう》

成立年　一三二〇年（元応二年）
撰　者（編者）　二条為世
歌　数　二一四三首
■二〇巻。二十一代集のひとつ。平淡、温雅な二条家歌風

［巻第五・秋歌下］四八二……藻壁門院少将《さうへきもんゐんのせうしやう》

題《だい》しらず

みむろ山嶺《やまみね》にや雲《くも》のはれぬらん神《かみ》なび河《がは》に月《つき》ぞさやけき

［巻第五・秋歌下］五七二……前内大臣通《さきのないだいじんとほる》

そめてけりみむろの山《やま》の初紅葉《はつもみぢ》しぐれも露《つゆ》も色《いろ》に出《い》でつつ

［巻第九・神祇歌］八九〇……前中納言経継《さきのちゆうなごんつねつぎ》

二品法親王家五十首歌《にほんほふしんのうけごじつしゆうた》に、杉雪《すぎのゆき》

冬《ふゆ》さればみわの杉《すぎ》むら神《かみ》さびて木《こ》ずゑにかかる雪《ゆき》のしらゆふ

［巻第九・神祇歌］八九一 ……… 入道前太政大臣《にふだうさきのだじやうだいじん》

弘安百首歌《こうあんひやくしゆうた》奉《たてまつ》りける時《とき》

雪《ゆき》ふればみわの椙村《すぎむら》ゆふかけて冬《ふゆ》こそ神《かみ》のしるしみえけれ

［巻第九・神祇歌］八九三 ……… 法性寺入道前関白太政大臣《ほつしやうじにふだうさきのくわんぱくだじやうだいじん》

題《だい》しらず

神《かみ》がきやみむろの山《やま》の時鳥《ほととぎす》ときはかきはの声《こゑ》ときかばや

他出／田多民治四一・万代六〇八

［巻第一四・恋歌四］一四三二 ……… 皇后宮内侍《くわうごうぐうのないし》

かはらずはたづねもみばやみわの山《やま》ありし梢《こずゑ》の杉《すぎ》のしるしを

続《しょく》後《ご》拾《しゅう》遺《い》和《わ》歌《か》集《しゅう》

成立年　一三二六年（嘉暦元年）
撰者（編者）　二条為藤・二条為定
歌数　一三五三首
■二〇巻。著しく小規模で「物名」で一巻を立てている。部立も歌風も平凡無難

[巻第三・夏歌]二一四……従二位家隆《じゅにゐいへたか》

かざしをる人《ひと》もかよはず成《な》りにけり三輪《みわ》の檜原《ひばら》のさみだれのころ

[巻第六・冬歌]四二一……大宮前太政大臣《おほみやさきのだじやうだいじん》

おく霜《しも》にあらそひかねて神南備《かみなび》の御室《みむろ》の山《やま》は木《こ》のは散《ち》るらし

[巻第一一・恋歌一]六四九……頓阿法師《とんあほふし》

おなじ心《こころ》を

数《かず》ならぬみむろの山《やま》の岩小菅《いはこすげ》いはねば下《した》になほ乱《みだ》れつつ

〔巻第一四■恋歌四〕九五六…………蓮生法師《れんしやうほふし》

寄山恋《やまによするこひ》を

祈《いの》りこしみむろの山《やま》のくずかづら神《かみ》をかけても恨《うら》みつるかな

〔巻第一四■恋歌四〕九五七…………津守国冬《つもりのくにふゆ》

文保百首歌奉《ぶんぽうひやくしゆうたたてまつ》りける時《とき》

うかりける御室《みむろ》の山《やま》の葛《くず》かづらちかひし末《すゑ》も秋風《あきかぜ》ぞ吹《ふ》く

風雅和歌集《ふうがわかしゅう》

成立年　一三四九年（貞和五年）
撰者（編者）　光厳上皇
歌数　二二一一首
■二〇巻。花園法皇が企画監修。仮名序を巻頭、真名序を末尾に置く

［巻第四・夏歌］三五一……従二位行家《じゅにゐゆきいへ》

宝治百首歌《ほうぢひやくしゅうた》の中《うち》に、おなじ心《こころ》を

みわ川《がは》の水《みづ》せきいれてやまとなるふるのわさ田《だ》はさなへとるなり

新千載和歌集《しんせんざいわかしゅう》

成立年　一三五九年（延文四年）
撰者（編者）　二条為定
歌数　二三六五首
■二〇巻。足利尊氏の執奏による勅撰和歌集

［巻第六・冬歌］五九八……土衛門内大臣《つちみかどのないだいじん》

千五百番歌合《せんごひやくばんうたあはせ》に

時雨《しぐれ》するしるしもみえず神無月《かんなづき》みわの杉《すぎ》むら同《おな》じ緑《みどり》に

〔巻第九■釈教歌〕九一七…………僧正実寿《そうじやうじつじゆ》

すすぎけん人《ひと》の心《こころ》を三輪川《みわがは》のきよきながれに汲《く》みて知《し》るかな

〔巻第一一■恋歌二〕一〇四四…………よみ人《びと》しらず

いくたびかふみまどふらむみわの山杉《やますぎ》ある門《かど》は見《み》ゆるものから

〔巻第一六■雑歌上〕一六九八…………祝部行親《はふりべゆきちか》

弾正尹《だんじやうのかみ》邦省《くにみ》親王《しんのう》家《け》五十首歌《ごじつしゆうた》に、花《はな》

みむろ山花《やまはな》さきぬらし榊葉《さかきば》の春《はる》さす枝《えだ》にかかるしらゆふ

新拾遺和歌集《しんしゅういわかしゅう》

成立年　一三六四年（貞治三年）
撰者（編者）　足利為明・頓阿
歌数　一九二〇首
■二〇巻。足利義詮の推挙による撰者任命。為明他界後は弟子の頓阿が継ぐ

〔巻第五・秋歌下〕四三三……法印浄弁《ほふいんじやうべん》

題《だい》しらず

杉《すぎ》たてる門田《かどた》の面《おも》の秋風《あきかぜ》に月影《つきかげ》さむき三輪《みわ》の山本《やまもと》

〔巻第六・冬歌〕五六六……正二位隆教《しやうにゐたかのり》

元弘三年立后屏風《げんこうさんねんりつこうびやうぶ》に

三輪山《みわやま》は時雨《しぐれ》ふるらしかくらくの初瀬《はつせ》のひばら雲《くも》かかるみゆ

〔巻第六・冬歌〕五六八……近衛関白前左大臣《このゑくわんぱくさきのさだいじん》

冬歌中《ふゆうたちゆう》に

玉《たま》くしげ三室《みむろ》の山《やま》も冬《ふゆ》きぬとあくる空《そら》よりふる時雨《しぐれ》かな

〔巻第六■冬歌〕六六六……後鳥羽院御製《ごとばゐんぎよせい》

題《だい》しらず

かざしをる袖《そで》もや今朝《けさ》は氷《こほ》るらん三輪《みわ》のひばらの雪《ゆき》のあけぼの

〔巻第一二■恋歌二〕一〇四〇……謙徳公《けんとくこう》

杉《すぎ》たてる宿《やど》もをしへずつらければ三輪《みわ》の山《やま》べをたれにとはまし

〔巻第一四■恋歌四〕一二二六……前中納言資平《さきのちゆうなごんすけひら》

名所恋《めいしよのこひ》といふ事《こと》を

うつつにはとはで年《とし》ふるみわの山《やま》いかに待《ま》ちみん夢《ゆめ》のかよひぢ

〔巻第一五・恋歌五〕一四〇四……………関白前左大臣《くわんぱくさきのさだいじん》

貞和二年百首歌《ぢやうわにねんひやくしゆうた》たてまつりける時《とき》

のどかなる春《はる》のまつりの花《はな》しづめ風《かぜ》をさまれと猶《なほ》いのるらし

新後拾遺和歌集《しんごしゆういわかしゆう》

成立年　一三八四年（至徳元年）

撰者（編者）　二条為遠・二条為重

歌数　一五五四首

■二〇巻。二〇番目の勅撰和歌集。将軍足利義満の執奏。為遠の没後、為重が継ぐ

〔巻第二・春歌下〕一〇四……………順徳院御製《じゆんとくゐんぎよせい》

百首歌《ひやくしゆうた》めされし次《つぎ》に

花《はな》の色《いろ》に猶《なほ》をりしらぬかざしかなみわのひばらの春《はる》の夕暮《ゆふぐれ》

〔巻第一二・恋歌二〕一〇六五……………藤原長秀《ふぢはらのながひで》

題《だい》しらず

恋《こ》ひわびぬいかに待《ま》ちみん三《み》わの山杉《やますぎ》たつ門《かど》はとふ人《ひと》もなし

［巻第一六・雑歌上］一二七〇……従三位藤子《じゅさんみのとうし》

題不知《だいしらず》

ながらへてうき世《よ》のはてはみわの山杉《やますぎ》のすぎにしかたぞ恋《こひ》しき

［巻第一六・雑歌上］一二七二……津守国夏《つもりのくになつ》

題不知《だいしらず》

かざしをる跡《あと》しもみえぬ梢《こずゑ》かなひばらかさなる三《み》わのしげ山《やま》

新《しん》葉《よう》和《わ》歌《か》集《しゅう》

成立年　一三八一年（永徳元年）
撰　者（編者）　宗良親王
歌　数　一四二六首
■二〇巻。準勅撰和歌。二十一代集外。後村上天皇の遺志を継ぎ五〇年にわたる南朝方君臣の秀歌を集成

［巻第一・春歌上］四二……妙光寺内大臣《めうくわうじないだいじん》

題不知《だいしらず》

春風《はるかぜ》にけづりもやらぬ神《かみ》なびのみむろのきしの青柳《あをやぎ》の糸《いと》

［巻第五・秋歌下］四〇五……従三位行義《じゆさんみゆきよし》

紅葉《もみぢ》せぬ木《こ》ずゑをすぎのしるしにて秋《あき》やとはまし三輪《みわ》の山《やま》もと

［巻第六・冬歌］四三五……最恵法親王《さいけいほつしんわう》

みむろ山《やま》ふかき谷《たに》さへうづもれてあさくなるまでちる木《こ》の葉《は》かな

［巻第六・冬歌］四八九……………前参議持房《さきのさんぎもちふさ》

だいしらず

神《かみ》がきやみむろの山《やま》の榊葉《さかきば》にゆふかけそへてふれるしら雪《ゆき》

［巻第九・神祇歌］五七六……………従三位家行《じゆさんみいへゆき》

神《かみ》がきの御室《みむろ》のさかきさしそへて君《きみ》をときはと猶《なほ》いのるかな

［巻第九・神祇歌］五九八……………御製《ぎよせい》

天授二年《てんじゆにねん》の秋千首歌《あきせんしゆうた》よませ給《たまひ》ける中《なか》に、三輪《みわ》を

いつかさていのるしるしをみわの山《やま》ことしもなかば杉《すぎ》たてる門《かど》

［巻第一五・恋歌五］九八四……御製《ぎょせい》

五百番歌合《ごひゃくばんうたあはせ》に

秋《あき》はつるみむろの山《やま》のくずかづら恨《うら》みしほどのことの葉《は》もなし

新続古今和歌集《しんしょくこきんわかしゅう》

成立年　一四三九年（永享一一年）
撰者（編者）　飛鳥井雅世
歌数　二一四四首
■二〇巻。足利義教将軍の発意。「今」より「古」を尊重し平明で温雅な撰集。武家の詠歌が多い

［巻第三・夏歌］二三一……中務卿宗尊親王《なかつかさきやうむねたかしんのう》

題《だい》しらず

尋《たづ》ねてもいかに待《ま》ちみんほととぎす初音《はつね》つれなき三輪《みわ》の山本《やまもと》

［巻第三・夏歌］二四二……前中納言《さきのちゆうなごん》定家《さだいへ》

最勝《さいしよう》四天王院《してんのうゐん》障子《しやうじ》に三輪山《みわやま》かきたる所《ところ》

けふこずはみわのひばらの時鳥《ほととぎす》ゆくてのこゑをたれかきかまし

［巻第五■秋歌下］五九五……今上御製《きんじやうぎよせい》

うへのをのこども題《だい》をさぐりて名所五十首歌《めいしよごじつしゆうた》つかうまつりけるついでに、三室山《みむろやま》を

影《かげ》やどす月《つき》もしぐれてみむろ山秋風《やまあきかぜ》さむし葛《くず》のした露《つゆ》

［巻第六■冬歌］六九九……参議雅経《さんぎまさつね》

たづねくる人《ひと》は音《おと》せで三輪《みわ》の山杉《やますぎ》の梢《こずゑ》の雪《ゆき》の下折《したをれ》

［巻第一八■雑歌中］一八一九……亀山院御製《かめやまゐんぎよせい》

弘安元年百首歌《こうあんぐわんねんひやくしゆうた》めされけるついでに

かざしをる三輪《みわ》の檜原《ひばら》の杉《すぎ》の葉《は》や年《とし》ふる色《いろ》のしるしなるらん

[巻第一九■雑歌下] 二〇四九…………按察使資平《あぜちのすけひら》

すみながし

杉《すぎ》たてる三輪《みわ》の山《やま》もと名《な》をとめてかざしをりけんしるべをぞとふ

[巻第二〇■神祇歌] 二一〇三…………権大納言俊光《ごんだいなごんとしみつ》

嘉元元年伏見院《かげんぐわんねんふしみゐん》に三十首歌《さんじつしゆうた》たてまつりける時《とき》、社頭祝《しやとうのいはひ》

千《ち》はやぶる神《かみ》のみむろのやへ榊常盤《さかきときは》のかげも君《きみ》のみやみん

[巻第二〇■神祇歌] 二一二〇…………前大僧正杲守《さきのだいそうじやうかうしゆ》

杣山《そまやま》といふ事《こと》を

みしめひく三《み》わの神山杣木《かみやまそまぎ》にもとらぬしるしの杉《すぎ》ぞふりぬる

[巻第二〇■神祇歌] 二一二一…………後三条前内大臣《ごさんでうさきのないだいじん》

貞和百首歌《ぢやうわひやくしゆうた》に

うき事《こと》は色《いろ》もかはらず祈《いの》りこししるしやいづらみわの神杉《かみすぎ》

［巻第二〇・神祇歌］二一三二……一品法親王尭仁《いっぽんほっしんのうげうにん》

神祇《じんぎ》を

おほひえや杉《すぎ》たつ陰《かげ》を尋《たづ》ぬればしるしもおなじ三《み》わの神垣《かみがき》

終章

短歌の魅力

言葉は生きもの。いつもみずみずしくありたい——美しい言葉を次の世代へ手渡そうと、長く活動してきたのが歌人で作家の尾崎左永子さんだ。編集部では歌にまつわる思い出や歌に寄せる思いについて、尾崎さんにお話を伺った。

難しく考えずに

——現代歌人として第一線を歩んで来られましたが、振り返ってみていかがですか。

私は自分では歌人とは思っていないんですよ。十七年間も短歌を離れていた時期がありますから。十七歳で佐藤佐太郎先生の弟子になって短歌を本格的に始め、二十代で結婚した後、離婚してラジオ作家になりました。あまり、したくない話なんですけどね（笑）。

放送作家という仕事は、ごく普通の言葉を使いますから、短歌とのギャップが大きくて苦しみました。詩は書いていましたが、短歌とは距離を置く期間ができました。でも、離婚の慰謝料が少し入った時、それを置いておきたくなくて第一歌集『さるびあ街』（松田さえこ名義）の出版に充てたのが、後になってもいろいろなところで取り上げていただき、短歌の世界にまた戻るきっかけになったことは幸運だったと思っています。若い時の仲間が快く迎え入れてくれたことも、ありがたいことでした。

柿本人麿《かきのもとのひとまろ》
三諸《みもろ》のその山なみに　児らが手を
巻向山《まきむくやま》は　継《つぎ》のよろしも
揮毫者　佐藤佐太郎《さとうさたろう》

——多くの歌集を出されていますが、歌人とお呼びしない方が良いですか。

いえ、ありがたいことではあって、自分で歌人とは言っていないという意味です。でも、表現者ではありたい。ずっと、そう思ってきました。

ただ、私は小説家にはなれないとわかってもいるんです。それは、悪人が描けないから。人間の裏の部分や悪いところを書けないようなところがあって、小説家は無理なの。かといって、短歌がきれいごととは思っていません。ごく短い詩形で、ものすごく深いことが表せるし、それが一千三百年もの長い間、姿を変えずに続いている。つまり、完成された詩形なのです。豊かで面白い世界ですよ。

たとえば、最近の若い人たちは普段の言葉使いをそのままに、口語で短歌を作っていますが、全く無理のない良いものが増えています。あまり難しく考えないで、自由に取り組んでいいのが短歌なんです。

決して廃れない詩形

――堅苦しく考えないでいいというお話で、なんだかほっとします。

意外そうなお話をもう少しすると、短歌は文字通り五七五七七の奇数のように思われがちなのですが、四拍子のリズムなんですよ。意識されていない、目に見えない休止符が入るので。息継ぎですよね。つまり、五七五七七の流れの中には自然な呼吸があり、リズムと「間」があるわけです。

短歌というのは自分の気息、自然な息遣いで歌っていいし、それを鑑賞したらいいのですが、最近はその大事な間合いを忘れてしまって、目で詠み、目で読む歌が多いことは残念なことです。もともと音によって、心を伝えあったり、帝や神に祈りを捧げたりと、思いのたけを表現するものが短歌でした。悲しみや喜び、いろいろな心情を音に託して凝縮する短い詩形であり、そのリズムが日本語にとても合っています。長年、格闘してきましたが、これからも決して廃れないと思います。

――長い年月に揉まれながら、美しい形のまま短歌は残ってきたのですね。

それと、実は女性に合っている詩形とも考えています。たとえば、俳句は男性たちが、自分たちの社会の中で作り上げてきた面がありますでしょう？　俳句の基になった俳諧はもともと誹諧と言い、「諧謔《かいぎゃく》」、「そしる」意味であり、風刺やおかしみ、皮肉を利かせて言葉でじゃれ合う性格があります。短歌から連歌が生まれ、俳諧連歌のやり取りの場から、下の句の七七が切り離されて独立したのが俳句です。中世の人々は余裕があり、俳諧連歌、つまり連句を発展させました。その中で、良いものが残りました。遊びの面でも、即時性という点でも、優れたものです。そうして、俳句から卑近さや滑稽味が薄れて文芸性が確立されたのは、芭蕉のおかげですよね。

　こうした成り立ちを見ても、短歌と俳句は別の系列だった気がしています。男性たちの文芸では余分なものになっていった「下句の七七」ですが、どちらかと言うと、女性の心情を詠うには大切なものだったのではないかと。それを必要とする人々がいるからこそ、新しい文芸が生まれても短歌の形式は残ってきた面もあるのではないでしょうか。

他にはない空気

――短歌が女性に合っているというのは、説得力があります。

ただ、連歌のような場が盛んだった時代と異なって、面白くなくなったところもあります。今もそうですが、皆が集まる場で遊びの精神を共有することがなくなってしまったんですね。本来は、「う〜ん」と考え込んで作るものではないんですよ。悲劇的で深刻なものが偉いというような価値観が優勢になると、歌がたちまち面白くなくなってしまいます。歴史的にも勅撰集が出てきたりして、だんだん頭で作る歌が増えてくるんですが、やっぱり面白いのは『新古今和歌集』まででしょう。

この新古今和歌集を作らせた後鳥羽上皇という方は、ものすごく存在感のある方です。何度も何度も、しつこいくらいにやり直しをさせて、良いものを目指したと言われています。

では、この頃に、三輪山がどう詠われているのか？『万葉集』にある歌とは、どんな風に変わっていったのか？　そうしたことが、この本『神山三輪山歌集』を通じてお読みいただけるのではないでしょうか。

――三輪山については、どのようにご覧になっていらっしゃいますか。

仕事で大神神社と関わる以前から、三輪山へは何度も行っているんです。最初に山を登った際には、少彦名《すくなひこな》神と大国主神の物語を辿るように、神職の方に案内していただきました。当時はまだ、笹百合がたくさん咲いていましたね。今は随分と減ってしまいましたが、本当にあふれるくらいの笹百合で、香りも強く印象に残っています。

私は大津皇子《おおつのみこ》が好きで、二上山も何度か訪ねましたが、三輪山にお参りして摂社である檜原《ひばら》神社から遠くに見る二上山も素晴らしいですよね。夕焼けに映える頃は特に。ですから、古典関係の取材などで関西に行くたびに、必ずと言っていいほど立ち寄るようになりました。かなり本格的な登山をしていた夫の尾崎の影響もあって、いろいろな山に登っているのですが、他では感じられない空気が三輪山にはあるように思います。

――その空気の違いとは。

浄気を浴びる感覚でしょうか。御山をすれば、いつでも感じることですが、森というよりも「杜」のイメージです。森林の持つマイナスイオン効果という点では、どの山も同じ浄気のはずだけれど、あふれる杉の香り以上のものを感じますね。

以前、大きな台風の後に、御山をしたことがあるんです。たくさんの木が倒れて折り重なる大変な状況でしたが、私たちを覆うように立つ木々もまだまだある。その鬱蒼とした木々の一番上に、枝葉がすっぽりと空いたところがあって、お日様が降っていた。その降り注ぐ日の光を受けて、倒木から出ているたくさんの若い芽が輝いていて。大きな自然の生命力だけでなく、ここにいる一点に過ぎない私のことも見て包んでくれている……というような感覚がありました。今も全てが新鮮によみがえってくる光景です。

日本で最も古い神の山と言われますが、日本とか日本人とかいう前からの、もっと原始的で力強い神がいるような空気を感じさせてくれるところです。ああいう神気はどこの山にもありません。

穏やかな丸い形

たくさんの立派な高い山々があるなかで、三輪山のあの穏やかな丸い形、まどかななりを眺めて、敏感な古代の人々は神気を感じ、安心もしていたことでしょう。人を拒むような険しく切り立つ山ではなく、むしろ守られているような優しい感覚がありますものね。そして、足を踏み入れれば、あの香りです。神杉とまで呼ばれていますが、おそらく、その杉の香りですよね。雨の後でなくても、本当に気持ちの良い空気に包まれます。昔は、杉よりも松で知られた時代もあるようですが、山の榊葉というくらい見事な榊も見られますし、様々な木々の恵みがあり、玉響《たまゆら》の輝きがあり、あらゆる自然を感じられる山です。うろうろと歩き回りながら葉っぱの艶々と美しい椿の木にばったり出合ったのに、もう一度行こうと思っても辿り着けなかったり、知らないうちに天皇陵に出てしまったり。何度も行くたびに三輪山の周りでは不思議なことが多く、私に何か伝えてくれるのかなと思ったりしましたが、山の神気のなせる業ということでしょうか。例の台風の後のお山の際、目の前はひどく荒れて悲しいのに、あの天空から光が差しているのを仰ぎ見た時には、心が洗われる思いがしたものです。

のどかでしたね。歩き出しても、田んぼがあって、れんげが咲いていていて。そうして檜原神社の方に入っていくと、佐藤佐太郎先生の歌碑があった。柿本人麻呂の「三諸のその山並みに子らが手を巻向山は継《つぎ》のよろしも」です。この辺りを人麻呂が通って女性の方に行ったんだなぁ……とか、いろいろ思いながら歩いて行けるのもいいですよね。

気軽に使うこと

――改めて、これから短歌をしたい方にメッセージをお願いします。

五七五七七なんて、作ろうと思えば、誰でもできるんです。難しくなんてない。しかも、私は考古学の用語で「完形土器」などで使う言葉を充てているのですが、短歌の五七五七七は一つの「完形」なんですよ。いくら触ったって、壊れやしません。だから、何か感じたら、使えばいいんです。これまでの長い間を乗り越えて保たれてきたもので、今の私たちが何かやらかしたって、簡単に壊れちゃうような、そんなやわな詩形じゃないってことです。

だから逆に、黙って使わないでいたら、もったいない。恐れずに安心して詠ってみることです。日々の記録でもなんでも、もっと気軽に五七五七七に載せたらいいですよ。うまい歌の必要なんて、ないんです。たとえば、三輪山を訪れて、清浄の思いを感じたり、若葉立つ季節に感動したり、三輪そうめんがおいしかったり。そうして心が動いたことを、素直に五七五七七の流れで詠ってみたらいいですよ。敷居が高いとか、難しいとか思われがちですが、遊び感覚で楽しんでいただきたいですね。

そして、少しずつ創作や鑑賞に慣れていったら、古い短歌に接してみるのもお勧めします。長い時間を経て残ってきたものに触れながら、この詩形に大事な「時の感覚」を心の底の方に持つことも良いと思いますよ。偉そうなことを言ってしまいましたが、決して廃れない短歌の面白さを多くの方に知ってもらえたらうれしいです。

――ちょっと気持ちが動いたことを、だれもが気軽に歌にできれば、なんて素敵なことなのかと思います。今日はお忙しいところ貴重なお話をありがとうございました。

おわりに

三輪山は、遠くから見てもまことに穏やかでまろやかな形をしている。私の棲む鎌倉から遠く来て、車窓に御山のかたちを見出すと、何かしらほっと心が和むのは何故なのだろう。

最初に三輪を訪れたのはずいぶん遠い昔になってしまうが、まだ参詣者も少なく、車も発達していない時代。電車で三輪の駅に辿りついたとき、三輪駅で降りたのは私ひとりだった。駅長さんも一人。三輪山よりも、その後ろに聳える高い峰々に気をとられて、思わず駅長さんに「あの山々は？」と尋ねると、人の好さそうな駅長さんは私の横に並んで後ろ手を組みながら「さあ、何というお山でっしゃろなあ」と、のんびりと応えてくれた。後で思えば巻向《まきむく》の峰々だったのだが、人気《ひとけ》も少ないあの頃の神寂びた御山《おやま》の雰囲気が今も忘れられない。

それから後は、数えきれない程御山に親しむ折を与えられて、御縁を得て或る講のご先導を得てしばしば登拝を許されたが、この御山には驚くほどの歴史的な遺物が埋もれているようである。最初に登ったときには今は亡き娘と共に登ったが、縄で囲まれた禁足地の土から少し覗いている土器を見た娘が「あっ、あれは縄文」と小さく叫んだのが印象に深く残っている。娘は考古学徒であった。永い永い歴史を経た御山なのだ。

今回ご縁があって、三輪を詠じた歌を撰ぶ仕事を光栄にも担わせていただくことになったが、すでに老齢の上に病もあって、多くを三輪明神東京分祠の方々のご尽力に依りながら、ともあれ三輪山に関する歌を歴史的に辿ることができた。この仕事を頂いた光栄に謝すると共に、ご尽力を頂いた方々、とくに分祠の根本幸夫会長、島田豊子さん、若狭純子さん、出版社の万来舎さん、その他ご協力頂いた方々に厚く感謝しつつ、生涯の総仕上げとしてこの本の上梓を心から喜び、改めて慶しんで御山に捧げたいと思います。

尾崎　左永子

尾崎左永子（おざき さえこ）

一九二七年東京生まれ。歌人。作家。歌集『さるびあ街』（松田さえこ名義）で第四回日本歌人クラブ賞受賞、『源氏の恋文』（求龍堂）で第三二回日本エッセイストクラブ賞受賞、第六歌集『夕霧峠』（砂子屋書房）で迢空賞受賞、『新訳・源氏物語1〜4』（小学館）等の活動により神奈川県文化賞受賞。その他、著作多数。近刊に『自伝的短歌論』（砂子屋書房）がある。また「合唱組曲・蔵王」他、多くの作詞を手がける。

制作協力

大神神社

三輪明神東京分祠

根本幸夫

島田豊子・蓮間里恵子・若狭純子

稲木訓子・高橋誠子

藤岡きぬよ

装幀　引田　大

本文デザイン　市川由美

写真協力　大神神社

編集　大石直孝（万来舎）

神山三輪山歌集《しんざんみわやまかしゅう》

2019年11月10日　初版第1刷発行

著　者：尾崎左永子
発行者：藤本敏雄
発行書：有限会社万来舎
〒102-0072　東京都千代田区飯田橋2-1-4　九段セントラルビル803
TEL　03(5212)4455
E-Mail letters @ banraisha.co.jp

印刷所：株式会社東京印書館

ISBN978-4-908493-38-6